내가
만난
술꾼

임범
에세이

내가 만난 술꾼

자음과모음

살아 있는 지인들의 조사를 쓰는 일

서양 영화에 나오는 장례식 장면을 보면서, 한국에도 저런 예식이 있었으면 할 때가 몇 번 있었다. 고인의 친지 중 한 명이 단상에 나와 고인에 대한 추억, 에피소드, 고인을 떠나보내는 심정 같은 걸 써와서 읽는데, 그 말들이 하나같이 소박하고 진솔해서 짠하게 다가왔다. 당연히 그럴 거다. 아끼는 이를 떠나보내는 마음으로 쓰는 글! 그거야말로 가장 잘 쓴 글이 될 수밖에 없지 않을까.

이런 글, 이런 말이야말로 하지 않으면 없는 거다. 기억과 사연도 흔적을 남기지 못하고 사라질 거다. 어쩌면 그렇게 사라져도 될 만큼 사소한 것들일지도 모른다. 하지만 그 사소한 것, 말하지 않으면 사라지고 마는 것 때문에 한때 얼마나 좋아하고 싫어하고 마음 졸였던가.

〈웨이킹 네드〉라는 아일랜드 영화엔 산 사람을 앞에 두고 친구가 그의 조문을 읽는 장면이 나온다. 조그만 섬에 네드라는 할아버지가 복권에 당첨됐는데, 당첨 사실에 놀라 심장마비로 죽었다. 네드의 친구인 재키와 마이클을 비롯한 섬 사람들은 네드가 살아 있는 것으로 꾸며, 당첨금을 받아 나눠 갖기로 모의를 한다. 그런데 마침 네드의 장례식 날에 복권회사 직원이 섬을 찾아온다. 장례식장에서 부랴부랴 죽은 이의 이름을 네드에서 마이클로 바꾸고, 재키는 마이클 면전에서 마이클의 조사를 읽는다.

"마이클, 자네가 내 위대한 친구라는 말을 전에 하지 못했네. 장례식에서 하는 말이라는 게 죽은 이에겐 항상 늦은 것이겠지. 자네가 이 장례식장에 온다면 얼마나 좋은 일일까."

그렇겠지. 장례식장에서 읽는 조사 가운데엔, 고인이 살아 있을 때 그에게 직접 했더라면 더 좋았을 말들이 많겠지. 그런데 마이클은 살아서 그 말을 들었으니, 오랜 우정을 털어놓는 친구의 고해성사를 들었으니, 이 또한 행복한 일 아닐까.

수년 전에, 영화와 술에 관한 글을 신문에 연재하면서 이 영화와 기네스 맥주를 묶어 쓴 일이 있다(『술꾼의 품격』이라는 책으로 나왔다). 그때 아! 살아 있는 내 지인에게 조사를 쓴다면 어떨까 하는 생각을 했다. 맨 정신에 그런 얘기를 하기가 쑥스러울 테니까 술을 끌어들여서 하면 어떨까. 또 내가 지인들과 만나 가장 많이 한 게 술 마신 일 아니던가. 그렇게 해서 2년 전, 한 시사 주간지에 '임범의 내가 만난 술꾼'이라는 연재가 시작됐다.

막상 글을 쓰려니 이런저런 생각이 뒤따랐다. 이거야말로 글로 쓰지 않으면 사라지고 말, 아니 애당초 없었던 게 돼버리는 사소한 얘기일 텐데……, 또 그(글의 대상이 되는 인물)와 나와의 사적인 관계가 많이 나오게 될 텐데……, 그런 게 남들이 보기에 재미있을까. 하지만 나와 동시대를 지낸 여러 성격, 여러 직업, 여러 세대 인간들의 사소한 얘기들을 모아보면, 보기 나쁘지만은 않은 그림이 하나 그려지지 않을까……. 코딱지만큼은 미시사적 의미가 있지 않을까……. 그렇지, 꼭 조사까지는 아니어도, 쓰지 않으면 사라지고 말 사소한 것들을 글로 남기는 일도 의미가 있을 거다. 그렇게 낙관하면서 쓰다 보니 30명의 이야기가 모였다.

나는 어려서부터 친구가 많았고, 어디 가서도 노는 데에는 중심에 있었다. 내가 고등학생 땐가, 대학생 땐가, 아버지가 그러셨다. "외로움과 싸워서 이길 줄 알아야 한다." 신문사 그만두면서, 창작의 영역으로 나가겠다고 맘먹을 때, 외로워질 거라는 예감이, 외로워져야 할 거라는 숙제감이 들었다. 5년 지난 지금, 난 외로워졌다. 그사이에 이런저런 일들 가운데 이 글을 연재하고 책으로 묶는 일이 있었다. 연재하면서 내 주변 인간들을 추려봤다. 소원하게 지내던 이들을, 글 쓴다는 핑계로 다시 만나기도 했다. 그러면서 외로움을 달랬던 건지, 오랜만에 만난 이와 세월의 스산함을 공유하면서 더 외로워진 건지 잘 모르겠다.

책으로 묶어놓고 보니 수다스런 우디 앨런 영화처럼, 우디 앨런 영화보다 조금 더 쓸쓸하게 읽혔으면 좋겠다는 바람이 생긴

　　　　　　　　　　　　　内가 만난 술꾼

다. 이 도시에, 이런 사람들이 이렇게 술 마시며, 혹은 술 참으며 살고 있다! 어둠의 세계를 다루다가 은퇴하고 축구광이 된 검사, 세상 안 변하니 내가 변하자며 제주도로 내려간 영화감독, 인사동에서 20년째 포장마차 하는 부부, 술 끊어놓고 술을 사무치게 그리워하는 전시기획자, 베를린과 서울 어디서 노년을 보낼지 고민하는 미술작가, 등등이 살고 있다!

연재를 시작한 지 1~2년 지났지만 연재 당시의 글을 거의 그대로 살리고, 대신 필요하다 싶은 경우에 후기를 짧게 넣었다. 시간이 지나면 모든 게 나이를 먹는다. 술집도 나이를 먹고, 동네도 나이를 먹는다. 그 1~2년 동안 나뿐 아니라 이 책의 등장인물들도 조금씩 더 외로워졌을 거다. 그래도, 외로워졌어도……, The show must go on!

(내 글에 '반론'을 보내온 조선희, 이상수를 비롯한 등장인물 모두와, 연재를 도와주었던 구둘래, 김송은에게 감사드린다. 참, 내 어머니에게도.)

2011년 가을
임범

차례

소설 사람들

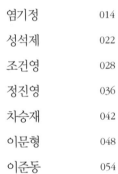

취재하며 술 마시며

미술판, 영화판

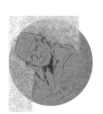

81학번 내 친구들

소설 사람들

염기정
성석제
조건영
정진영
차승재
이문형
이준동

염기정

1960년생, 카페 '소설' 주인

"**옳지** 않은 자여! 여기서 술 마시지 마라!"

그 여자가 쓰는 형용사는 두 개다. '옳다'와 '옳지 않다'. 처음엔 안 그랬다. 가끔 사람에 대해 "쟤 옳지?", "너 옳지 않아!"라고 말하는 정도였다. 슬며시 두 단어의 사용량을 늘리더니, "네 글 옳아"라거나 "이 집 자장면 옳아!", "너 그 안경 옳지 않아" 하면서 음식, 의류, 문화 콘텐츠까지로 확장했다. 신체부위도 예외가 아니다. 단골인 한 남자에게 그랬다. "너 젖(가슴) 옳아!" 그 옳은 부위의 소유자는 "이거 최소한 천만 원짜린데"라고 해놓고는(그는 변호사였다), 소송을 내기는커녕 뿌듯한 속내를 감추지 못하고 희죽희죽 웃었다.

그 여자? 지금 인사동에서 '소설'이라는 카페를 운영하는 염기정이다. 내가 만나 술 마신 사람들 얘기를 하면 우리 시대와 문화가 담기지 않을까 해서, 아울러 취재나 공부 안 하고 쓸 아이템을 찾아 글을 쓰기 시작하면서 바로 떠오른 게 그녀다.

내가 20대 후반이던 1991년에, 이대 후문에 '볼쇼이'라는 카페가 있었다(지금은 주유소가 들어섰다). 거기서 염기정을 만났다. 그 뒤로, 염기정은 기차역 신촌역에 '한없이 투명에 가까운 블루', 인사동에 '소설', 일산에 '그 나무', 다시 인사동에 '소설', 중간에 겸업으로 1년쯤 제주시의 '소설' 등지로 옮겨다녔다. 그 18년을 빠지지 않고 졸졸 따라다니며 술 마신 나는 염기정과 술집 주인/손님을 떠나 막역한 술친구가 돼버렸다. 그런 인간들이 꽤 많다. 건축가 누구, 영화제작자 누구, 인사동에서 공방하는 누구 누구, 변호사, 영화감독, 소설가, 기자, 백수⋯⋯.

1980년대 후반부터 1990년대 초반이 한국식 '백화제방'의 시기가 아니었나 싶다. 말도 많이 하고, 사람들 만나면 반갑고, 아무 노래나 좋았던 시절. 볼쇼이의 위치가 후미졌음에도 문화계 인사, 기자들이 가지에 가지를 치며 손님 폭을 넓혔다. 인사동 '소설'을 차린 1990년대 중반엔 인사동 '평화만들기'(당시 주인 이혜림)와 함께 두 술집이 한국 사회의 축소판이라고 해도 과언이 아니었다. 각계에서 이름깨나 날리는 이들이 모두 몰렸고, 그곳에 가면 이 사회가 어떻게 돌아가고 있는지 한눈에 알 수 있었다.

처음엔 두 집의 손님군이 거의 같았는데 시간이 흐르면서 평화만들기엔 기자, 정치인, 운동단체 관계자들로, 소설엔 영화인, 기타 문화계 인사, 백수들로 조금씩 갈렸다. 쉽게 말해 평화만들기엔 '꼰대'들이, 소설엔 '날라리'들이 진을 쳤다. 폭력사태가 벌어져도 양상이 달랐다. 평화만들기에선 좌파 신문사와 우파 신문사의 기자들이 싸운 반면, 소설은 워낙 시끄럽게 춤추고 노래해서 인근의 '과격한' 주민이 열받아 칼 들고 들이닥치는 식이었다.

'소설'의 문화는 날라리 손님들과, '옳아' '옳지 않아'를 따지는 주인이 빚어내는 일종의 폭탄주다. 염기정식 '옳지 않아'를 사람에 적용해보면 이렇다. 남에게 해꼬지하며 술주정하는 '주사파'는 물론이고, 술 마시면서 자기 얘기만 하거나, 손님 중 유명한 사람에게 지나치게 아는 척하거나……. 나아가 허풍 떨거나 거드름 피우는 모습을 간파해내는 그녀의 촉수는 날카롭기까지 하다. 이 중 주사파에겐 술집 주인이 뭐라 그럴 수 있지만 나머지에게 관여하는 건 월권일 수도 있다. 그래서 심심찮게 주인과 손님의 다툼이 생기고, 1년에 두 번 이상은 염기정 입에서 "너 우리 집 오지 마!"라는 말이 나오는 걸 들었던 것 같다.

하지만 염기정은 평화롭고 낙천적이며 놀기 좋아한다. 되레 그게 지나쳐서 탈이다. 그녀가 손님에게 '관여'할 땐, 대체로 그 손님이 다른 손님들 인상 찌푸리게 했을 경우다. 염기정은 옳고 옳지 않음의 판단 기준에 대해 반성도 자주 한다. "나 그때 옳지 않았지?" (반성할 때도 표현은 마찬가지다) 손님들과 어울려 술 취해 행복해하는 그녀의 모습을 보면 가끔 신기할

옳은 자여!

술 갖다

마셔라!

때가 있다. 저렇게 좋을까? 아마도 그녀는 사람 좋아하는 마음을 신뢰의 수준으로 끌어올리지 않고는 못 견디는 모양이다. 담담해질 나이가 됐는데 아직도 옳고 옳지 않음을 따지고, 곧잘 울고, 집에 가려는 단골을 붙잡고 술 마신다. 결코 노회해지지 못할 여자가 아마도 염기정 아닐까.

술집 주인으로서 염기정의 결정적 단점은 다른 데 있다. 술 안 취했을 땐 가끔, 술 취했을 땐 반드시 손님들이 다 알아서 해야 한다. 잔 나르고, 술 나르고, 음악 틀고, 계산하고⋯⋯. 염기정이 제주시의 '소설'에 1년쯤 가 있다가 돌아온 날, 나를 포함한 단골들은 게으른 주인의 압제에 항거해 일제히 구호를 외쳤다. "우리들도 손님이다, 홀라 홀라." 그때 염기정의 표정은 이렇게 말하는 듯했다.

"옳은 자여! 술 갖다 마셔라!"

이 글을 쓴 뒤, '소설'이 이사 갔다. 인사동에 있던 소설 건물이 팔렸기 때문이다. 조그만 개량 한옥 단층집이었는데, 지금은 서양식 2층 건물로 새로 지어져 술집 아닌 다른 가게가 들어섰다. 인사동 소설에선, 가을밤에 가게 앞 골목으로 술상을 들고 나와 전어도 굽고, 노래도 불렀다. 비 오는 여름밤에 몇몇 남자 손님들이 술 취한 기분에 웃통 벗고 비를 맞았다(그러다가 한 남자와 한 여자가 눈이 맞아 이후 꽤 오래도록 연애를 하기도 했다). 시끄러워 잠을 못 자겠다고, 옆집 식당 할아버지가 가끔씩 잔뜩 찌푸린 얼굴로 찾아오기도 했고…… 세월이 지나면 재밌게 놀던 기억만 남는 건, 나만 그런가.

소설 단골손님이라는 것 빼고 공통점이 있는 것 같기도 하고 없는 것 같기도 했던, 비슷하기도 하고 다르기도 했던 한 무리의 인간군이 인사동 골목에서 사라졌다. 골목은 그대로 있지만 거길 채우는 사람들이 바뀌었으니, 더 이상 같은 공간이 아닐 것이다. 그러니 한 장소가 사라져버린 거다.

소설이 이사 간 곳은 가회동 동사무소 건너편 골목 안 주택가이다. 입구가 외지다. 우연히 지나치다가 들르긴 힘들다. 미리 알고서 찾아오지 않으면 못 올 곳이다. 그래서 '소설'의 분위기는

더욱더 단골손님들 위주가 됐다. 그런데 그 단골들마저 나이가 들어 음주량이 줄어드니 염기정은 벌이가 시원치 않다. 젊은 단골을 새로 유치해야 하는데, 염기정은 여전히 자기보다 나이 어린 이들이 오면 '영계!'라며 반말하고, 자기가 술 마시고 있으면 "술 갖다 먹어!" 하며 손님을 종업원으로 만든다.

　염기정은 젊은 손님을 유치하기 위해 태도를 바꾸기보다 자구책으로 가회동 소설에서 점심에 육개장과 쌀국수를 팔기 시작했다. 육개장을 한 번 먹은 사람이 다시 먹으러 온다고 좋아한다. 얼마 전에 소설 단골 몇몇과 염기정이 제주도에 간 적이 있는데, 밤새 술을 먹고는 아침 일찍 술도 안 깬 채로 육개장 팔겠다고 비행기 타고 서울로 떠났다. 전 같으면 계속 '고(GO)!'를 외치며 술 마시자고 달렸을 텐데……. 술집 주인과 밥집 주인, 둘이 뭐 그렇게 다를 게 있겠냐만 그래도 맘이 좀…….

"나 그때 옳지 않았지?"(반성할 때도 표현은 마찬가지다)
손님들과 어울려 술 취해 행복해하는 그녀의 모습을 보면
가끔 신기할 때가 있다. 저렇게 좋을까?

성석제

1960년생, 소설가, 『황만근은 이렇게 말했다』 『조동관 약전』 『왕을 찾아서』

지난 연말쯤이었다. 신문 기자 출신인 내가 방송용 다큐멘터리를 만들게 됐다. 방송사 쪽의 제안이 있었고, 이런저런 논의를 거쳐 술에 관한 다큐멘터리로 정했다. 그리곤 참고 삼아 그동안 방영된 술에 관한 다큐멘터리들을 모아서 봤다. 그중 한 편에, 소설가 성석제가 고향인 상주에 가서 배추전에 막걸리 마시는 장면이 나왔다. '꿀꺽'하고 침이 넘어갔다. 어린 시절을 회상하는 내레이션도 성석제가 직접 담당했는데, 구수한 그의 목소리까지 술 생각을 부추겼다. 술 생각이 나자 그 다큐멘터리가 재밌게 느껴졌다.

그때 두 가지를 떠올렸다. 첫째, 시청자들로 하여금 술 마시고 싶게 만들자! 내가 만든 다큐멘터리를 보는 동안, 먹다 남은 술을 꺼내오거나 아이들을 시켜 술을 사오게 하도록 만들자! 그럼 성공이다! 둘째로 저 인간, 목소리부터 술 생각이 나게 만드는 성석제를 출연시키자! 드디어 다른 분량 다 촬영하고 나서 맨 마지막에 성석제를 만나 인터뷰했다(《술에 대하여》라는 제목의 이 다큐멘터리는 45분짜리로 MBC에서 방영됐다. 또 73분짜리 극장판이 개봉했는데 흥행은 저조했다. 성석제의 인터뷰는 방송본엔 30초밖에 들어가지 못했지만 극장판엔 3분 넘게 들어갔다). 그때 그가 했던 말들을 보면 성석제야말로 애주가임에 틀림없다.

"태어나면 종교에서 물로 세례를 준다고 하지만, 애에서 어른
으로 될 때는 술로 세례를 받는 게 아닌가 싶어요……. 술과의
최초의 접촉이랄까? 그때의 느낌은 대부분 중독성이 있는 것과
처음 접촉할 때 다 그렇듯이 굉장히 어지럽고 황홀하고, 제정신
이 아니고, 뭐랄까, 연애를 한다고 할까, 그런 기분……. 술을 마
시고 집에 들어와 누우면 빙빙 도는 세계, 천장만 도는 게 아니라
우주 전체가 도는 것 같은 느낌이, 이것이 어른들의 삶이구나, 나
도 이제 어른이 됐구나……."

"술이라는 게, 인간이 갖고 있는 수천수만 가지 면모 중에 어떤
거는 강조하고, 어떤 거는 축소하고, 어떤 거는 밝게, 어떤 거는
흐리게 하는 작용을 하죠. 근데 소설이 또 그런 거죠. 인간 혹은
인생의 여러 가지 면모를, 어떤 거는 불려서 어떤 거는 축소해서
밝게 흐리게, 이렇게 정렬해서 보여주는 게 소설이라고 하면 그
두 가지가 비슷한 거죠……. 소설 쓰기 시작해서 창작집을 네
번쨌가 낼 때 원고를 정리하면서 보니까 여덟 편 가운데 일곱 편
에서 주인공이 술 때문에 패가망신하거나 술 마시면서 울고불고
하더라고. 1년 반, 2년 정도를 쓰면서 나도 어지간히 마셔댔구나.
내가 마셔댄 흔적이 거기에 흩어져 있는 거지."

술로 세례를 받고 어른이 돼, 술과 본질이 비슷한 소설을 쓰면
서, 소설 속을 술 마시는 얘기로 채운다? 아무튼, 나도 성석제(그

는 나보다 두 살 형이다)와는 술 마신 일밖에 없다. 단골 술집이 같아(그러고 보니 단골 술집 이름도 '소설'이다), 그 술집에서 우연히 만나 한잔하고, 그런 식으로 1년에 서너 번씩 보아온 게 15년이 됐다. 성석제가 술 마시고 얘기 많이 하는 스타일이 아니어서인지 둘이 술 마시면서 무슨 얘기 했는지는 모르겠고, 술 마신 기억밖에 없다. 지금도 배우 안성기를 가로로 늘려놓은 것 같은 그 얼굴을 떠올리면 술 생각이 난다.

1996년쯤이었다. 사회부 기자를 하면서 야근을 하다가 문화부 서재에서 문학 계간지 한 권을 꺼내 펼쳤다. 거기서 '성석제'라는, 처음 듣는 작가가 쓴 「첫사랑」이라는 단편 소설을 읽었다. 사춘기를 통과하는 남자들의 이야기인데 신선하고 강렬했다. "지옥의 빵공장에서 빵 트럭이 쏟아져 나오고 딴 세상 바다에선 고래들이 펄쩍 뛰어오르던" 그 시절, 지옥에 살면서 딴 세상 바다의 고래를 동경하던 모든 사춘기 소년의 마음을 담아내면서 엄살, 투정, 핑계, 고자질 같은 게 하나도 없었다. 반했다. '성석제라는 사람, 한번 만나보고 싶다!'

수개월 뒤? 아니, 한 1년쯤 지났을까? 술집 소설에 성석제가 와 있었다. 웃는 얼굴이 인상도 좋았다. 팬이라고 아부하면서 옆에 앉았다. 조금 뒤엔 취기를 빌려

술로 세례를 받고

어른이 돼,

술과 본질이

비슷한 소설을

쓰면서, 소설

속을 술 마시는

얘기로 채운다

'석제 형!' 하면서 한참을 떠들었는데, 아마도 그의 소설에 대해 얘기했을 것 같은데, 하나도 기억나지 않는다. 무슨 말을 했는지 기억이 없는 채로 여하튼 친해졌다. 성석제도 자기가 기자들 싫어하는데 나는 좋다고 했다.

그의 소설들을 보면 성석제는 입담이 좋아 사람 잘 웃길 것 같지만 그렇지 않다. 전형적인 경상도 남자다. 말이 별로 없고, 한마디 할 때마다 앞뒤에 '어~', '음~' 따위의 어조사가 길다. 여자들 앞이라면 달라질까? 내가 다니던 신문사의 여자 후배들 중에 성석제의 팬이 많았다. 언젠가 성석제와 약속을 하고서 여자 후배 세 명쯤을 데리고 갔다. 그는 뻘쭘하게 앉아선 '어~', '음~' 해가며 유달리 딱딱한 얘기만 했다. 성석제는 클래식 기타를 몇 곡 잘 치는데, 그걸 쳐보라고 했더니 한참 사양하다가 결국 쳤던가, 안 쳤던가⋯⋯. 여하튼 그는 여자 앞이라고 해서 특별히 달라지지 않았다. 오히려 더 뻣뻣해진 것 같기도 했고.

한번은 술자리에서 성석제가 군 생활에 대해 말한 적이 있다. 그는 군 복무를 전투경찰로 했는데, 근무지가 관악경찰서에 소속된, 서울대학교 앞의 기동대였다고 했다. 1980년대 초반, 내가 그 대학에 다니면서 데모하고 관악서 잡혀가고 할 때와 시기가 일치한다. '이 인간이 그랬단 말이야?' 어느 소설에선가 성석제는 20대 초반의 자기 모습을 적어놓았는데, 대략 이랬다. 그때 그는 냉소가 심했단다. 그래서 데모하고 시대에 분노하던 친구들에게 상처를 많이 입혔단다. "남들이 내가 입힌 내상을 끌어안고 몸부림치는 동안 나는 연애나 하러 다니고. 잘났다. 그때는 참 잘났었다." 군대 말년에, 그는 형사들이 학생들에게서 압수해온 이른바 '의식화 서적'들을 탐독했다고 했다.

어쨌거나 성석제 소설엔 자의식 과잉 같은 게 없을 뿐만 아니라 거대담론에 대한 부담 같은 것도 없다. 그 대신 기인들, 어딘가가 모자라거나 과한 이들, 팔자가 기구한 이들의 이야기가 이따금씩 사람 냄새를 물씬 풍긴다. 얼마 전 하던 일들이 잘 안 풀려 사람도 만나기 싫고 할 때, 「첫사랑」을 다시 읽었다. 기분이 확 달라졌다. 세상에 나가 사람들을 만나고 싶어졌다. 허름한 술집에서 낯선 이들과라도 한잔하고 싶어졌다. 한잔? 결국 또 술이다.

이 글 쓰기 전에 성석제를 만났다. 뭔가 좀 더 물어볼 게 있지 않을까 싶어서였는데, 결국 어떤 술이 맛있네 하는 따위의 술 이야기만 하면서 술만 마셨다. 네루다 평전을 재밌게 봤다는 그가 말하길, 마르케스가 네루다에게 식사를 대접한 적이 있었단다. 네루다는 자기 앞에 놓인 음식을 맛있게 먹으면서도 다른 사람들은 뭐 먹나 기웃기웃거리길 그치지 않았단다. 그 식탐이란! 그날 2차로 홍대 앞의 한 바에 갔는데, 거기엔 갖가지 상표의 싱글몰트 위스키가 진열돼 있었다. 그때 자기 앞의 위스키를 맛있게 먹으면서 다른 위스키 병을 기웃기웃거리는 그의 표정이 꼭 마르케스의 눈에 비친 네루다 같았다. 그 주(酒)탐이란!

조건영

1946년생. 건축가. 한겨레신문사 사옥, 혜화동 제이에스빌딩, 서초동 우성사옥

조건영은 건축가이지만, 내가 그와 만난 건 건축과는 아무 상관이 없다. 그때 나는 기자였는데, 기사와도 관련이 없다. 조건영도 나도 카페 '소설'의 단골이었다. 소설에서 술 마시다가 옆 테이블에 앉은 인생의 대선배인 그를 보고 잠깐 합석해서 인사차 술 한두 잔 마시고 오곤 했던 게 시작이었다.

1996년으로 기억한다. 왕가위 감독 영화들의 촬영을 했던 크리스토퍼 도일이 '소설'에 왔다. 그가 촬영을 맡은 한국 영화의 한 장면을 소설에서 찍었기 때문이다. 그날 소설에 들렀더니, 조건영과 20~30대 남녀가 술 마시는 자리에 도일이 합석해 있었다. 왁자지껄했다. 특이한 건, 나이 든 남자들과 20대 여성들이 함께하는 이런 자리에선 나이 든 남자들이 떠들고 젊은 여성들은 분위기를 맞춰주는 정도이기 쉬운데 거기선 젊은 여성들도 스스럼없이 어울리고 있었다. 흐느적거리며 들떠 있던 도일도 눈빛이 선하고 평화로워 보였다. 요란하면서 평화롭다는 건 모순인데, 이들은 세대, 인종 구분 없이 그렇게 어울리고 있었다. 신문사 사건 기자로 꼰대처럼 세상을 째려보며 살던 내게 그 광경은 전위적이고 삐딱해 보이기까지 했다. '이렇게 놀아도 되는 건가? 아니, 이렇게 놀 수도 있는

건가?'

　그보다 얼마 전인가 뒤에 팝그룹 'CCR'의 내한 공연이 있었는데, 조건영과 그 일행들이 그 공연을 보고 소설에 왔다. 타고 오던 택시의 기사를 꾀여서 술집에 데리고 왔다. 택시 기사는 그날 영업을 포기한 채 대취해서 집에 갔다. '참 거침없이 노는구나!' 조건영은 가장 연장자임에도 분위기를 주도하려고 하거나 뒷수습을 걱정하는 일이 없었다. 또 보통 남자들은 여자들과 술 마시는 자리에 다른 남자가 끼어들면 견제하려 하는데, 그는 그러질 않았다. 남을 견제한다는 걸, 그는 아예 배우지 못한 것처럼 보였다. 권위적이지 않고, 자기 말 많이 안 하고, 한참 연하인 이들(주로 여자들이긴 하지만)의 얘기를 잘 듣고……. 이런 남자들 더러 있지만 그 정도가 조건영만 한 이를 나는 60대는 물론이고 50대에서도 아직 보질 못했다.

　쾌락주의자? 쾌락주의자인 건 맞는데, 그렇게 단언하기엔 너무 평화롭달까? 내가 파악하는 조건영이라는 캐릭터엔 모순이 있다. 그런데 어떤 모순은 매력적이어서 사람에게 예상치 못한 영향을 끼친다. 남자 선후배, 동료와 두루 잘 어울리던 내가 그를 만나기 시작하면서 언제부턴가 여자 후배들과만 놀고 있었다. 나중엔 그 재미로 신문사 다니는 것 같다는 생각도 들었다. 신문사 그만둘 때 여자 후배들(8~10명)에게서만 문자가 왔다. '보람찬 직장 생활이었구나!'

돌이켜보면, 내가 조건영의 건축과 상관없는 게 아니다. 그가 설계한 공덕동 한겨레신문사 건물을 15년 동안 다녔다. 1991년 거기 입주할 때 그랬다. "돈도 없는 회사가 네모반듯하게 지어서 가용면적이나 늘릴 것이지 멋을 부리긴." 다니다 보니 불편했다. 화장실을 적게 지어서 아침이면 '큰일' 보려는 이들이 이 층, 저 층의 화장실을 찾아 계단을 오르락내리락거리는 대이동이 벌어졌다. 조건영이 지은 다른 집에도 가봤다. 하나같이 화장실, 욕실이 코딱지만 했다. 누군가가 조건영의 집 철학을 이렇게 분석했다. 아늑함, 쾌락 다 추구해도 좋은데 최소한의 불편함은 지고 살아라, 그 정도의 긴장은 있어야 그게 사는 거다……, 그런 게 아니겠냐고. 황인숙이 쓴 시(「집 1」)에 조건영의 말이 인용돼 있다. "비가 전혀 새지 않는 집은/ 살아 있는 집이라 할 수 없다네."

한번은 조건영이 지은 집에 사는 이가 운영하는 카페에 갔다. 조건영이 카페 주인에게 "집 한번 보여주라"고 보채는데 주인이 한사코 거절했다. 조건영이 내게 말하길, 사람 살게 설계하기가 무척 힘든 짜투리 땅에 어떻게 겨우 지었는데 거기 잘 살고 있는지 정말로 궁금하다는 것이었다. 나는 집을 공개하지 않는 주인의 심리를 알 것 같았다. 모르모트가 과학자에게 복수하는 유일한 방법은 실험 결과를 알지 못하게 하는 것 아닐까.

몇 해 전 『한겨레신문』에 연재된 '임재경 회고록'에 조건영 얘기가 나온다. 1980년 5월 민주인사들이 붙잡혀가고 광주에서 민주화운동이 한창일 때, 조건영이 광주 사진을 외신에 전해주기 위해 뛰어다녔다는……(조건영은 그 직후에 공안기관에 잡혀가 심한 고문을 당했다). 그 글을 읽으며 생각했다. 왜 안 그랬겠나. 당대의 싸움을 피한 이와 마주한 이는 나이 들어 웃는 표정에 온유함의 크기가 다르다. 투사나 지사와는 거리가 먼 것처럼 말하지만, 그에게선 정의감과 반골 기질이 수시로 배어 나온다. 종종 농담 반 진담 반으로 그게 음모론으로 치달아서 문제지만. 몇이서 그랬다. 조건영이 죽으면 그건 무조건 CIA의 음모라고.

예나 지금이나 그는 젊은 세대와 더없이 잘 어울린다. 지금도 소설에 젊은 여성들을 가장 자주 데리고 오는 이이기도 하다. 나를 비롯해, 내 또래 소설의 단골들에게 그는 사표다. 저렇게 늙고 싶다. 아니, 늙지 않고 싶다.

3~4년 전 조건영은 자기가 아는 사람들 몇몇을 모아 '몇째 주무슨 요일'을 정해놓고 한 달에 한 번씩 이날에 '소설'에서 모이는 정기 모임을 만들었다. 나도 그 모임의 구성원인데, 처음엔 젊은 여자들이 많았다. 그랬는데 여자들이 하나둘씩 안 나오거나 혹은 남자 친구들을 데려오거나 하더니 급기야 모임엔 여자 두세 명 빼고 남자들만 남게 됐다. 그래서 한동안 안 모이다가 다시 모임을 시작했고, 아니나 다를까 구성원들은 결국 소설의 골수 단골들로 재구성이 됐다. 어쨌건 조건영은 이런 모임까지 주도하면서 변치 않고 소설에 술을 팔아주는 중요한 고객이다.

그는 몇 해 전에 부암동에 집을 지었다. 3층짜리 스튜디오형 주택으로 세 가구가 들어갈 수 있는 구조이다. 이 책에 나오는 미술작가 양혜규의 서울 집이 이 건물 3층이다. 전망 좋고, 조용하고, 건물도 멋있고⋯⋯. 아울러 이 집 역시 '조건영표 주택'인 모양이다. 조건영이 지은 다른 집에 사는 한 화가가 말하길, "집이 끊임없이 말을 걸어온다"고 했다. 이 부암동 집도 여름 장마 때, 겨울 혹한 때 이런저런 말을 걸어온다고 한다. 여하튼 조건영은 이곳 1층에 사무실을 내고서 고양이 세 마리를 키우며 낮 시간을 보낸다. 마당이 있어서 이따금씩 파티 장소가 되기도 한다.

정진영

1964년생, 영화배우, 〈와일드 카드〉〈왕의 남자〉〈평양성〉

내겐 영화배우 친구가 한 명 있다. 이따금씩 만나서 술 한 잔한다. 배우가 친구로 있다는 게 든든하게 느껴진다. 판검사, 의사 친구보다도 더 그렇다. 이상한 일이다. 남들도 그럴까. 그럴 수 있을 거다. 요즘처럼 연예계가 세간의 관심과 부러움을 사는 마당에, 거기에 친구 하나 있다는 건 충분히 자랑거리가 될 만하지 않나. 그 친구가 누구냐면, 1,000만 명 넘게 관람한 영화 〈왕의 남자〉의 주연이었고, 드라마 〈동이〉에도 출연한 정진영이다. 얼마 전엔 이 친구 덕에 한효주도 봤다. 역시, 충분히 자랑거리가 된다.

정진영이야말로 술을 즐겁게 마시는 스타일이다. 술 몇 잔 들어가면 얼굴 표정에 '즐거워'라는 글씨가 나타난다. 그 즐거움을 곧잘 전염시켜서 그와 함께 있으면 술을 많이 마시게 된다. 그는 기타도 곧잘 치고, 노래도 곧잘 한다. 말수는 많지 않은 편이고, 아무리 취해도 주사가 없어서 함께 술 마시기 적격이다. 그의 술 취한 표정을 보고 그가 대단한 애주가인 줄 알았는데, 얼마 전에 물어봤더니 술 마시는 횟수가 일주일에 한 번 내지 한 번 반이라고 했다.

막 새로운 작품을 시작할 때, 특히 배역이 만만치가 않아서 신경을 몰입해야 할 때는 한 달 넘게도 술을 끊는다고 했다. 술을 한번 마시면 많이 마시는데, 긴장이 확 풀어지는 스타일이어서 그렇단다. 술꾼이 술을 한 달 넘게 참는 게 보통 일이 아닐 텐데, 그는 별다른 후유증 없이 잘 참는다고 했다. 그래도 역시 술꾼인 것이, 시나리오를 보면 여기까지 찍고 나면 한잔해도 되겠다 싶은 씬이 보인단다. 〈왕의 남자〉 때도 그런 신이 있었다고 했다.

내가 정진영을 처음 만난 것도 술집이었다. 카페 '소설'에서였는데, 1990년대 중반부터 거기서 그를 봤던 것 같다. 그러다가 내가 일간지 영화 담당 기자가 돼 그를 인터뷰하기도 했고, 그러면서 또 술집에서 마주치고…… 나중에 알고 보니 정진영과는 인연이 제법 깊었다. 그는 나보다 두 살 아래인데, 서울대 다닐 때 그는 총학생회 문화부장을 했다. 그보다 2년 앞서 내가 4학년 때 같은 일을 했고, 그러다 보니 학교 때부터 그와 내가 함께 알고 지내는 이들이 부지기수였다.

하지만 그나 나나 남 얘기 하길 그닥 좋아하는 쪽이 아니고, 함께 일을 한 적이 있는 것도 아니어서 둘이 있으면 화제가 끊어졌다가 이어졌다가 하고, 잠깐씩 데면데면해질 때도 있다. 그런데도 그를 만나면 마음이 편하다. 나이 들어 술자리에서 사귀게 된 친구의 매력이 그런 게 아닌가 싶다. 서로 조금씩 알고 있음에도 많이 아는 것 같고, 실제로 그것만으로도 충분히 호감을 교환할 수 있는 것이랄까.

나는 정진영을 보면 후광이 화려하게 빛나는 스타이기보다, 직업이 배우인 보통 남자 같다. 매니저 없이 혼자 다니고, 옷도 소탈하게 입고……. 정진영쯤 되는 유명한 배우이면 함께 시내를 돌아다닐 때 다른 사람까지 긴장하게 되기 쉬운데 그와 함께 다닐 땐 그렇지가 않다. 정진영이 점잖은 만큼 정진영의 팬들도 점잖은 모양이다. 홍대 앞을 몇 시간 돌아다녔는데, 사인해달라는 이들, 간혹 사진 함께 찍자는 이들 모두 무척 예의 바르게 부탁했고 길게 시간을 뺏지 않았다.

유명세의 부작용에 대해 다른 한 배우가 했던 말이 생각난다. 처음엔 술집 옆 테이블 손님이 '아무개 씨, 반갑습니다, 영화 잘 봤습니다' 하고 말더니, 시간이 지나면서 변한다는 것이다. '아무개 씨, 이리 오셔서 한잔만 하시죠.' '아무개 씨, 딱 한잔만 하시죠.' '아무개 임마, 니가 그렇게 잘났어?' 정진영과 함께 마실 땐 그런 일이 없었다. 옆자리 손님이 그냥 눈인사를 하거나 사인만 받아가선 평화롭게 각자의 술을 마셨다. 그러면 문화 선진국에 있는 것 같아 기분이 좋았다.

인터뷰할 때 그가 술에 빗대 자주 하는 말이 있다.

"20대에 연극을 할 때는 연극이 (사람을 치료하는)

정진영을

보면 후광이

화려하게 빛나는

스타이기보다,

직업이 배우인

보통 남자 같다

약이라고 생각했고, 그 뒤에 상업영화 할 때는 영화가 (사람에게 위안을 주는) 술이라고 생각했다. 앞으로는 (사색의 여유를 주는) 차와 같은 것을 하고 싶다."

그는 20대 때 연극판에서 술값도 못 벌면서 술은 끊임없이 마셨다고 했다. "한국이 술 인심은 참 좋아!" 제 돈 내고 술 마시기 시작한 게 30대 중반 영화 〈약속〉에 출연한 이후였단다. 그 뒤 톱스타의 반열에 올랐고, 이제는 배역이 줄어들 것을 걱정할 나이가 됐지만 그는 계속 바쁘다. 최근엔 텔레비전 예능 프로그램에도 자주 불려간다. 영화는 〈평양성〉에 이어 〈특수본〉의 촬영을 마쳤고, 텔레비전 드라마 〈브레인〉에 출연할 예정이란다.

"20대에 연극을 할 때는 연극이 (사람을 치료하는) 약이라고 생각했고, 그 뒤에 상업영화 할 때는 영화가 (사람에게 위안을 주는) 술이라고 생각했다. 앞으로는 (사색의 여유를 주는) 차와 같은 것을 하고 싶다."

차승재

1960년생, 동국대 영화영상과 교수, 영화제작자, 〈8월의 크리스마스〉 〈살인의 추억〉 〈타짜〉

1990 년대 초중반, 술집 심야영업을 금지할 때였다. 카페소설 주인 염기정이 자정 넘어 영업하다가 걸렸다. 경찰이 영업 허가증을 들고 갔다. 파출소로 오라고 했다. 그 직후에 차승재가 왔다. 염기정 왈, "허가증 뺏겨서 장사 못 해." 차승재가 앞장섰다. 염기정에게 라면 한 박스를 사라고 했다. 그걸 들고 둘이 함께 파출소로 향했다. 경찰관에게 차승재가 말했다. "제 집사람인데요, 제가 무능해서 술 팔게 하고 있는데……." 차승재는 염기정의 남편이 아니다. 단골손님일 뿐이었다. 차승재와 경찰관 사이에 몇 마디 말이 더 오갔고 경찰관은 딱하다는 듯 허가증을 돌려줬다. 이후 심야영업 단속 나갈 때 염기정의 카페에 미리 연락해주기까지 했단다(이상 염기정의 증언).

차승재가 누구냐고? 영화 〈비트〉, 〈처녀들의 저녁식사〉, 〈8월의 크리스마스〉, 〈결혼은 미친 짓이다〉, 〈살인의 추억〉, 〈지구를 지켜라〉, 〈타짜〉 등을 제작했고, 현재 한국영화제작가협회 회장이다. 『씨네21』이 선정하는 '충무로 파워 50'에서 3년 연속 1위에도 올랐다. 그렇게 잘나가고만 있으면 이 난에 쓰기 민망할 텐데, '다행히도' 얼마 전 자신이 공동대표로 있던 영화사를 그만둬서(사실상 잘려서) 영화제작을 못 하고 있다.

앞의 일화처럼 그는 뭔가를 해결하고 추진하는 쪽이지 고뇌하고 회의하는 스타일이 아니었다. 거기에 더해 곰 같은 체구와 달리 감성이 예민하고 이야기를 좋아한다. 딱 제작자 체질인 것이다. 어릴 때 집안이 가난했다가 형편이 폈다가 했던 모양인데, 학창 시절 그는 주먹 쓰는 친구들과 어울리면서도 문고판 소설책을 (스스로 생각해도 희한하게) 열심히 봤다고 했다(감성은 이때 생겼을 거다). 그 때문에 조숙해져서 대학 1학년 때 자식을 낳아 일찍부터 벌어먹고 살기 바빠졌다. 포장마차부터 옷 장사까지 열심히 했다(추진력은 이때 생겼을 거다). 서른 살에 영화에 뛰어든 그가 전성기를 구가한 시기는, 1990년대 후반부터 시작된 한국영화의 르네상스기와 일치한다. 그가 영화사를 그만둔 건, 투자자의 힘 앞에 제작자의 존재감이 희미해져가는 한국 영화계의 현주소를 드러낸 상징적 사건이기도 했다.

차승재의 전성기에 나는 일간지 영화 기자를 했다. 그가 제작한 영화들엔 어릴 적 서부극에서 보던 목가적인 정의감이 배어 있다. 남자는 남자답고 여자는 여자답고, 남자는 정의롭고 약자의 편에 서고, 남녀 모두 의리나 신의를 지키고, 혹은 그럴 것에 대한 기대감을 자극하고……. 우직하고 낭만적인 마초스러움! 차승재에게도 그런 면이 있다. 내가 조감독 한 명과 단골 카페에 갔을 때다. 따로 와 있던 차승재가 우리 테이블로 왔다. 당시 그는 충무로 파워 1위였고, 대다수 스태프에게 하늘 같은 존재였다. "이름이 뭐라고? 전엔 어떤 영화 했지? 범이가 좋아하는 모양이구나. 열심히 해." 보스답지 않나? 촌스러울 수도 있는 매너가 촌스럽지 않게 다가오는 우리 세대 마지막 마초라고 할까.

촌스러울 수도

있는 매너가

촌스럽지 않게

다가오는 우리

세대 마지막

마초라고 할까

4년 전 그가 영화학과 교수 제의가 들어와 맡으려고 한다고 했다. 난 말렸다. 창작하는 이에게 강단은 무덤 같다는, 거기만 가면 시인이든 감독이든 만화가든 작품이 안 나온다는 생각을 했기 때문이다. 그는 나더러 "그럼 넌 왜 부장 해?"(그때 나는 문화부장이었다)라고 반격했는데, 그게 말이 안 됨을 알면서도 더 말릴 수 없었다. 1년 뒤 그가 제작한 영화의 시사회가 끝나자 '영화 어땠냐'고 물어왔다. 여느 제작자와 달리 자기 영화에 대해 '잘 써달라'는 말은커녕 '어떻게 봤느냐'고 묻는 일조차 없던 그였다. 그날 저녁 술 마시면서 보니 그는 시사회장의 반응이 그다지 좋지 않았던 데에 놀라 있었다. "나는 정말 좋았거든. 나도 이제 감각이 늙었나 봐. 자꾸만 관객들과 어긋나고 있다는 느낌이 들어. 자신이 없다." 그 뒤로 달라졌다. 영화인보다 문인들과 더 자주 어울리고, 자기 영화 시사회도 안 가고, 그러다가……

한국 사회에서 한 가지 일을 지치지 않고 오래 한

다는 게 참 힘든 일임을 나도 안다. 대다수가 관성으로 남아 있을 뿐, 오래 해서 존경받는 이도 드물다. 하지만 아쉽다. 우직하고 낭만적인 마초스러움. 솔직히 우리 세대 남자들은 거기서 벗어나기 힘들고, 벗어나도 향수가 남기 마련이다. 그런 남자들이 주도권을 잡고 가는 게 한국 사회인데, 그 정서를 반영하고 반성하는 영화가 안 먹힐 수가 있을까. 할리우드 장르 영화들도 오래도록 그런 정서를 이어가고 있다고 나는 생각하는데, 그는 여전히 자신 없어 하는 듯하다. 몇 달 전 차승재 교수실에서 만난 유하 감독도 차승재에게 그랬다. 당신이 영화를 해야지, 그런 든든한 제작자가 있어야지, 지금 영화판이 말이 아니라고. 그런데 차승재는 딴소리를 한다. 자신은 영화를 좋아한 게 아니라 영화라는 일을 열심히 한 것 같다는 둥, 아일랜드에 1년 머물면서 기네스 맥주나 실컷 먹고 싶다는 둥……. 오십을 전후해 인생의 전환점을 찾으려는 이들을 나는 부추기지만, 차승재에겐 그러기가 싫다. 나도 아직은 한국 영화를 좋아하는 걸까.

그 뒤
......

지난해에 차승재는 교수 안식년을 맞았다. 글에 쓴 대로 아일랜
드에 가네, 마네 하더니 결국 못 간 채로 안식년을 보내고 말았
다. 차승재의 표현을 빌려 '배워먹은 게 도둑질'이라고, 그는 최
근 다시 영화제작 일을 시작했다.

이문형

1961년생, 영화 프로듀서

영화 판에 들어온 지 25년. 그의 삶은 잘 안 풀렸다. 영화 판에 그쯤 있었으면, 지금은 잘 못 나가더라도, 오래 도록 잘 못 나갔더라도, 잠시나마 한 번쯤 호시절이 있었을 법한데, 그는 안 그랬다. 그럼 글감이 안 된다 고? '1등만 기억하는 더러운 세상' 아니냐고? 영화판 에서 나이 좀 든 이들은 모두 그를 기억한다. 물론 '잘 안 풀리는 이'로. 그리고 글은 좀 다르지 않을까. 저명 한 외국 소설가가 그랬다. 누구든 "인생은 무조건 실 패"이며 "소설은 실패의 기록"이라고.

이문형이라는 영화 프로듀서의 이야기다. 프로듀서 로 나선 지 15년이 넘었는데, '프로듀서'로 실제 영화 크레딧에 이름이 오른 적이 없다. 준비하다 엎어지고, 다 될 법했는데 막판에 돈이 안 들어오고, 다 찍어놓 고는 복잡한 사정으로 영화 크레딧에서 이름이 빠져 버리고……. 나도 신문사를 그만두고 영화사에 들어 가 '프로듀서'라는 명함을 팠지만 아직 크레딧에 이름 이 오른 게 없다. 그래도 나는 이런 잡글이라도 쓰는 데, 그는 예나 지금이나 오로지 프로듀서 일에 '올인' 하고 있다.

만화 〈아기 공룡 둘리〉에 나오는 '고길동'이라는 캐 릭터를 기억하는지. 말썽부리는 둘리 일행을 까칠한

눈으로 째려보며 징계를 가해놓고는 뒤에 후회하는 소시민. 이문형의 얼굴은 고길동을 닮았다. 여러 사람 모인 자리에서 내가 '고길동' 하고 부르면, 이문형을 처음 보는 이들도 그의 얼굴을 보고는 내가 누구를 지칭하는지 대번에 알아듣고 낄낄 웃는다. 실제 사람이 만화 캐릭터를 이만큼 닮기도 힘들 거다. 특히 까칠한 눈빛이 닮았다. 신경질과 짜증이 잔뜩 서려 있지만 악의로까지 나아가지 못하고, 그래서 결국 자기만 손해보고 말게 하는 그 눈빛.

이문형은 대학(연세대 사회학과) 때 학보사 기자를 열심히 했다. 데모 많이 하던 5공 시절, 그 역시 군부 정권을 미워했지만 운동권에도 불만이 많았단다. 그 덕(?)에 그는 편집장까지는 못 했는데, 당시 다른 대학 학보사 편집장 했던 이들과 지금도 모임을 가진다. 그중 서너 명을 내가 아는데 이문형을 포함해 모두 어지간히 술을 마시며, 1년에 한 번 이상은 술 마시고 사고치는 에피소드를 연출한다(한 여자는 취하면 사람들 붙잡고 뽀뽀를 하며, 한 남자는 술 취해 넘어져 길바닥에 얼굴을 가는 일이 잦아 얼굴 전부에 새살이 돋았다).

졸업 뒤 이문형은 몇몇 잡지사 기자를 거쳐 1986년 '화천공사'라는 영화사에 들어갔다. 거기서 3년, 영화사 '신씨네'로 옮겨 5년 있는 동안 홍보와 기획 일을 했다. 영화 담당 기자들이 영화사로부터 촌지를 받는 관행이 남아 있던 당시였다. 홍보 담당인 이문형도 촌지를 돌릴 수밖에 없었고, 정권과 운동권 모두를 향해 있던 그의 까칠함은 급기야 기자들을 향해서도 들 풀처럼 자라났다. 내가 그에게서 '둘리를 째려보는 고 길동의 눈빛'을 발견한 건, 1999년 영화 기자가 돼 그를 만났을 때였다. 그는 여차하면 이랬다. "너 (영화에 대해) 뭐 알고 쓰냐?"

잠시나마 한 번쯤 호시절이 있었을 법한데, 그는 안 그랬다

이문형은 잡다하게 아는 게 많다. 그런 이들은 대체로 성격도 두루뭉수리한데 그는 누가 허튼소리 하거나 뻥을 좀 치면 가만히 있지를 못한다. 술자리에서 술 잘 마시다가도 바로 싸움닭이 되곤 한다. 이렇게 까칠한 이들은 대체로 모진 구석이 있는데 그는 심성이 착하고 여리다. 이쯤 되면 최악이다. 아니, 최적격이다. 어디에? 인생 잘 안 풀리는 데에! 영화사를 나와 독립 프로듀서로 나서면서 '잘 안 풀리는 이문형'의 이야기는 정점에 오른다.

한미 합작에 현지 올 로케라는, 야심찬 프로젝트를 가지고 미국에서 만든 영화가 투자자의 부도와 도피, 후반작업 중단 등의 고난을 겪다가 결국 영화는 이문형의 이름을 크레딧에서 뺀 채 개봉했다. 부산에 가서 '라이트하우스 필름'이라는 영화사를 차리고 5년간 작업했던 프로젝트는 최종 단계에서 투자가 안 됐고, 그는 빚더미에 앉게 됐다. 그러는 사이 그의 후배

들은 히트작을 내놓으며 내로라하는 프로듀서가 됐다. 그리고 몇 해 전 그는 세계 최강국인 미국에서도 가장 잘나가는, 미국 대통령과 동갑인 나이가 됐다(오바마도 1961년생이다).

이문형은 술 마시면 박인수의 〈봄비〉를 박인수보다도 더 박인수처럼 부른다. 오래전에 '소설' 주인 염기정이 '소설' 이전에 열었던 카페 '볼쇼이'에서 이문형이 〈봄비〉를 부르는데, 옆에 진짜 박인수가 와 있었단다. 그 노랠 듣고 박인수가 그랬단다. "너 노래 잘한다. 그런데 니 노래 불러라." 이문형은 최희준의 '인생은 나그네 길'을 '인생은 나이롱 뽕'이라고 개사해 부른다. 그때마다 나는 그에게 말했다. "그렇게 부르지 마! 자꾸 그렇게 부르니까 니 인생이 나이롱 뽕처럼 되잖아!" 그래도 여전히 그렇게 부른다.

이문형은 여전히 프로듀서에 올인하고 있으며, 요즘도 일거리와 읽을 거리를 싸들고 영화사에서 밤새곤 한다. 그리고 영화판엔 마음속으로 그를 응원하는 후배들이 많다. 잘 되겠지? 반전이 있을 거다? 그에겐 희망이 있다? 젠장, '1등만 기억하는 더러운 세상'에서 글 맺기 되게 힘드네.

그 뒤
......

이문형이 다니던 영화사는 마침내 문을 닫았다. 영화사 대표가 영화제작을 접고 농사 지으며 살겠다고 시골에 집을 샀다. 이문형은 시나리오를 쓰고 있다. 씩씩하게 잘 지낸다.

이준동

1957년생, 영화제작자, 나우필름 대표, 파인하우스필름 대표, 〈시〉〈두번째 사랑〉〈인어공주〉

카페 '소설'엔 일주일에 두세 번씩 빠지지 않고 들르는 이들이 꽤 많다. 어쩌다 운때가 맞으면 한동안 단골끼리 가는 날마다 마주치기도 한다. 오래된 단골들이야 남들이 뭐라 하던 신경 쓰지 않지만, '넌 맨날 술만 먹냐?'는 남의 비아냥에 익숙치 않은 이들은 소설에서 여러 번 마주치면 선제공격을 날리곤 한다. '넌 여기서 사냐?' 하는 식으로. 그 표현을 빌린다면 소설에서 '사는' 이들이 꽤 많은 건데, 거주자의 경지를 넘어 소설의 '인테리어'로 불리는 이가 한 명 있다.

인테리어? 하도 자주 와서 가구가 되다시피 했다는 말인데, 누군가의 표현을 빌리면 다른 단골들은 '이동식 가구'인 반면에 이 사람은 '붙박이 가구'라는 것이다. 왜 그렇게 됐을까. 그가 소설에 자주 와서만은 아닐 거다. 보통 사람들은 술집에 올 때 왁자지껄 들떠서 오거나 심각해져서 오거나 최소한 약간은 '센티'해져서 온다. 반면 그는 마치 칸트가 매일 똑같은 시간에 학교와 집을 오갔던 것처럼, 기계적인 일과를 치르듯 소설에 온다. 들어올 때 표정이 더없이 무심하다. 오면 항상 카운터 왼쪽에서 두 번째 자리에 앉는다.

더러 혼자 앉아 있어도 그는 크게 무료해 보이지 않는다. 아는 이가 나타나 함께 마시게 되면 함께 하고,

아니면 혼자 마시다가 간다. 진짜로 가구에 비유한다 치면, 딱히 현대적이지도 고전적이기도 않은 심플한 디자인의 기능성 가구 같다. 그 자체로 크게 눈에 띄지 않고 어디에 놓아도 무난해 보이는, 그래서 평소엔 존재감이 크지 않지만 그게 어느덧 눈에 익어서, 어느 날 사라지고 나면 갑자기 그 자리가 텅 비어 보이는 그런 유형이랄까. 그러니 '인테리어'라는 호칭이 붙을 수밖에.

그의 이름은 이준동이고, 영화사 '나우필름'의 대표이다. 〈인어공주〉 〈두번째 사랑〉 〈여행자〉 등을 제작했고, 한국영화제작가협회 부회장으로 이런저런 의미 있는 일들을 많이 한다. 내가 가족 중에 유명한 이가 있어서 아는데, 엄연히 독립된 한 개인을 두고 '누구의 아들', '누구의 동생', '누구의 남편' 이렇게 부르면 기분이 썩 좋지만은 않다. 그럼에도 그런 말을 안 할 수 없는 게(그는 영화감독 이창동의 동생이다), 누구든 그와 1분만 얘기하면 그의 형제 관계를 눈치채게 된다. 내가 그랬다. 7~8년 전 〈인어공주〉 촬영장에 취재 가서 그와 몇 마디 나누자마자 알 수 있었다. 말투가 어찌나 똑같던지.

그는 이창동 감독보다 체구가 작고 인상이 부드럽다. 경상도 남자가 아니랄까 봐 불필요한 말을 잘 안 하지만, 세상과 사람에 대한 단상들을 조근조근 합리적으로 말하는 모습을 보며 나는 바로 동질감을 느꼈다. 나와 비슷한 생각과 고민들을, 나보다 5년 앞서서(그는 나보다 다섯 살 많다) 해온 사람이겠구나. 그 이후

몇 번 만나면서 그는 내게 오래전부터 알고 지내던 가까운 형처럼 돼버렸다.

이준동은 주량이 약하다. 특히 독주에 약해서 주로 맥주를 마신다. 주량이 약하면 아무래도 함께 할 때 술맛이 덜해지는데, 그는 그렇지가 않다. 술 흥을 돋우는 그 고유의 추임새가 있다. 맥주잔을 내밀면서 '들이대라!'고 외치고, 곧잘 노래도 부른다. 레퍼토리는 매번 똑같은 트로트 곡 두세 개이고 어쩌다 부르는 김광석의 노래도 그의 입에서 나오면 트로트가 된다. 나미의 〈슬픈 인연〉을 부를 땐, 쌍시옷 발음 잘 안 되는 경상도 출신이 입에 힘을 줘가며 '그 시절에'를 '그 씨절에'로 부른다. "그 부분을 강조하는 게(시절→씨절) 맛이 있지 않냐?"

이준동을 보면 옛날 선비가 현대의 카페에 나와 앉아 있는 것 같은 느낌이 들 때가 있다. 좀처럼 흥분하지 않으면서도 정치적으로 옳지 않은 사안에 대해 열 올리는 것도 그렇다. 스스로는 왕년에 제법 놀았다고 하는데 잘 모르겠고, 여하튼 그에게서 우러나오는 일종의 시대착오성, 시골스러움 같은 것들이, 차분하고 약간은 여성적이기까지 한 그의 일면과 묘하게 잘 어울린다. 가끔 그가 술 취해 업 되면 사고가 난다. 남

〈슬픈 인연〉을 부를 땐, '그 시절에'를 '그 씨절에'로 부른다. "그 부분을 강조하는 게 맛이 있지 않냐?"

에게 해를 끼치는 게 아니라 자기 혼자 다친다. 춤춘다고 카운터에 올라갔다가 미끄러져 갈비뼈가 부러지고, 술 마시고 집에 가다 후진하는 차에 치여(물론 전적으로 차량 과실이었다) 어깨뼈에 심한 부상을 입었다. '붙박이 가구'가 움직이니 위험한 모양이다.

소설이 가회동으로 이사하기 전에, 그러니까 인사동 소설의 마지막 날에도 이준동은 소설에 갔단다. 인사동에 오픈할 때 돼지머리에 돈 꽂은 게 기억나는데, 마지막 날에도 와 있는 자신을 보며 '나는 뭐지?' 하는 반성이 생겨 가회동 소설이 오픈하는 날에는 가지 말자고 다짐했단다. 며칠 지나 개업일이 지났으려니 하고 갔더니 아직 오픈을 하지 않았다. 하지만 주인 염기정은 이준동을 첫 손님으로 받았다. '인테리어'답게 그는 또 첫 손님이 되고 말았다.

지난해 이준동은, 형 이창동 감독의 영화 〈시〉를 제작했다. 〈시〉
는 칸영화제 경쟁부문에 초청돼 갔고 이준동도 칸으로 가 턱시
도에 나비넥타이 매고 칸영화제의 레드카펫을 밟았다. 하지만
여전히 그의 영화사는 가난하다. 얼마 전 제작한 〈고양이: 죽음
을 보는 두 개의 눈〉도 흥행이 그다지 좋지 않았다.

소설이 가회동으로 옮긴 뒤, 이준동은 소설에 2차로 온다. 1차
로 인사동 소설이 있던 골목에 있는 막걸리집에 들렀다가 온다.
그 막걸리집에서도 그는 맥주를 마신다. 1~2년 전부터 이 막걸
리집은 영화인들의 집합소가 됐다. 이준동은 그 공신 중의 한 명
이다.

취재하며 술 마시며

임수경
심재륜
이상수
김의겸
조선희
털보
구창모
조광희

임수경

1968년생, 방송인, 사회운동가

내게 1989년 여름은 유달리 더웠다. 그해 3월 한겨레신문사에 들어가 경찰 수습기자로 여름을 나야 했기 때문이다. 경찰서에서 자고, 병원 응급실, 유치장 등을 돌아다니며 '기자질이 나한테 맞는 건가' 의심하던, 가뜩이나 덥던 그 여름에 대학생 한 명이 온 나라를 뜨겁게 달구고 있었다. 임수경이라는 여대생이 당시로선 갈 수 없던 땅, 평양에 간 것이었다. 두 달 가까이 경찰 출입 기자들 발에 불이 붙었지만, 내 관할구역 밖의 사건이었고 수습이던 나를 그 취재에 차출하는 일도 없었다. 여전히 나는 '기자질이 내게……'를 의심하며 덥고 무료하게 지내다가 여름 끝자락에 검찰 출입 기자 발령을 받았다.

그렇다고 사정이 크게 달라지지 않았다. 내 적성에 대한 의심은 그대로였고, 새 출입처에 적응하기도 힘들었다. 초가을 어느 날, 서초동 검찰청사 9층 공안부 복도를 아무 생각 없이 어리버리하게 걸어가고 있었다. 복도 저편에서 흰 수의의 여자가 교도관 두 명과 함께 걸어왔다. 임수경이었다. 임수경이 평양에서 돌아와 곧바로 안기부에 구속된 게 한 달쯤 전이었다. 그동안 일반에 공개되지 않은, 뉴스 가치가 아주 높은 인물이었다. '검찰에 송치된 모양이구나!' 명색이

기자라면 그 자리에서 당연히 몇 마디 물어야 할 것 아닌가. 놀란 채로 어리버리하게 서 있는 사이에 임수경은 교도관들에 둘러싸여 다른 방으로 들어가버렸다. 잠깐, 한 3~4초 정도 그도 나를 봤던 것 같다.

그때 임수경은 정말 예뻤다. 그렇게 예쁜 이가 갇혀 있는데, 말 한마디 못 건네고, 취재도 못 하고, 띨띨한 놈! 검찰청 복도에서 역광을 받은 그의 실루엣이 머리 안에 사진으로 남았다. 그 뒤로 임수경의 재판을 쭉 취재했다. 당시가 공안정국이어서 시국사범이 넘쳐났다. 그들 모두 말을 잘했지만, 특히 임수경의 말은 담백했다. 장황하지 않고, 운동권의 상투적인 표현이 없으면서 생기가 흘렀다. '통일의 꽃이라고 할 만하구나!' 그는 징역 5년을 선고받고 3년 반 갇혀 있다가 1992년 성탄절에 풀려났다. 얼마 지나 신문사에 찾아왔고, 몇몇 기자들과 술을 마셨다. 나도 거기 끼었다. 검찰청 복도에서 본 일을 말했더니, 임수경은 대머리 까진 남자를 본 것 같다고 했다. 구속된 뒤 처음 본 민간인이어서 '날 좀 구해줘!' 하고 맘속으로 막 외쳤단다.

임수경은 술을 좋아했다. 사람들 만나는 걸 좋아했고. 큰일 벌이고 오랫동안 감옥에 있었던 사람 같지 않았다. 쾌활했다. 그때가 임수경의 20대였다. 얼마 전에 만났을 때, 임수경은 이런 말을 했다.

"그때(평양 갔을 때) 만 스무 살이었어. 뭘 얼마나 알았겠어. 그런데 나와 보니 어마어마하게 유명해져 있는 거야. 그래도 20대 땐 임수경으로 살았는데, 30대 땐 임수경이 아니려고 노력했어요. 그런데 안 되더라. 지금은 다시 임수경으로 산다고 생각해. 사람들도 만나고. ……아무리 발버둥쳐도 안 되는 게 있어요. 아무리 다른 옷을 입으려고 해도 안 되는 거지. 그럴수록 더 나빠지기만 하고……."

돌이켜보니 임수경은 30대에 정말 그랬던 것 같다. '통일의 꽃'이라는 이미지에, 과거의 후광에 갇히지 않고 사회 전문영역에서 현재의 자기 자리를 찾으려고 여러 가지 모색을 했다. 난 그와 단골 술집이 같고 어울리는 사람들도 비슷해 자주 보면서 그가 잘하고 있다고 생각했다. 그가 대중 앞에 나서고, 박수와 갈채를 받는 일을 자제하길 바랐던 것 같다. 아무래도 임수경의 전력은 그에게 버거워 보였기 때문이다. 누구에게라도 그러지 않을까. '통일의 꽃'이라는 거대한 호칭에 부응할 만한 실천의 길이 있을 것 같지도 않고, 세상은 구체적, 미시적으로 변하는데 그만이 거대 담론의 상징으로 묶여 있다면 그 삶이 공허하지 않을까.

'임수경이 아니려고' 노력하다가도 사람 좋아하는

임수경은 대중들이 부르는 자리에 나가곤 했다. 30대 중반까지만 해도 임수경에겐, 인기를 즐기는 아이돌 스타 같은 모습이 남아 있었다. 그 쾌활함이 임수경의 장점이었는데, 이후 일들이 가혹했다. 결혼했다가 이혼한 건 그렇다 쳐도, 하나뿐인 아이가 죽었다. 그 뒤 절에 1년 반 있었고, 2년은 외국에 나가 있었다. 난 그가 그 시간을 어떻게 버텼는지 알지 못한다. 짐작조차 못 한다.

얼마 전부터 임수경은 다시 쾌활해 보였다. 한동안 취하면 울더니, 요새는 안 운다. 과거를 돌이킬 때의 말이 담백하다. 스스로를 거리를 두고 보는 것 같고, 그렇게 견딜 만한 거리를 찾은 것 같다.

"처음 보는 사람이 알아보잖아. '임수경 씨?' 하고는 바로 그 뒤에 '내가 당신 때문에' 하면서 이어지는 말들이 만만치 않을 때가 많아요. '당신 때문에 군대에서 얼마나 맞은지 아냐……, 당신 때문에 여자와 헤어지고……, 당신 때문에 다른 길을 갔고……. 그런 소리 워낙 듣다 보니까 어쩔 수 없이 책임감을 갖게 되더라고."

요즘 그는 인터넷 라디오 방송을 진행하고, 대학에서 신문방송학 강의를 하고, 이런저런 모임에 나가고, 트위터를 열심히 하고, 술도 자주 마신다.

"술? 많이 안 먹어. 매일 마셔서 문제지."

'통일의 꽃'이라는 거대한 호칭에 부응할 만한 실천의 길이 있을 것 같지도 않고, 세상은 구체적, 미시적으로 변하는데 그만이 거대 담론의 상징으로 묶여 있다면 그 삶이 공허하지 않을까.

심재륜

1944년생, 법무법인 원 고문, 전 대구고검장, 대검 중수부장

같은 폭탄주라도 어떻게 만드느냐에 따라 술자리 분위기가 확 달라진다. 나는 '5부, 4부 폭탄주(맥주잔에 맥주 50퍼센트, 양주잔에 양주 40퍼센트를 따라 섞는 것)'를 좋아한다. 그걸 여럿이 돌려 마시면 적당한 취기가 오래 유지돼 대화도 많이 나누게 된다. 술맛도 좋다. 그 반대편에 '텐텐 폭탄주(맥주잔에 맥주 가득, 양주잔에 양주 가득 따라 섞는 것)'가 있다. 이건 맛이고 뭐고 없다. 단숨에 들이키는 수밖에 없다. 대화? 있건 없건 상관없다. 한 잔 들어간 뒤부턴 술이 술을 먹는다. 주량이 적으면 토하거나 뻗거나 둘 중 하나다.

'텐텐 폭탄주'를 열 잔 이상 마실 각오 없이는 만나지 못할 사람이 있다. 심재륜 변호사이다. 특수부 검사, 특수부장, 강력부장, 중수부장 거쳐 고검장으로 퇴임하기까지 수사 검사로 대한민국 검사 중 신문에 이름이 가장 많이 오른 이다. 그와 함께 술자리에 앉으면 안주 나오길 기다릴 틈이 없다. 바로 폭탄주가 돌아간다. 빈속에 텐텐 폭탄이 들어가면 이내 폭발한다. 아무리 술꾼이라도 그 취기를 버티려면 긴장해야 한다. 술 마시면서 긴장하고 싶나? 묘한 건, 그와 함께 마실 땐 자연스레 긴장감이 생기고 그게 즐길 만해진다는 거다.

나는 1989년부터 1997년 사이에 만 7년 동안 검찰 출입 기자를 했다. 검찰에 유달리 사건이 많았고, 그 수사의 한가운데에 심재륜이 있었다. 한국 사회가 어떻게 굴러왔고 또 굴러가고 있는지 그 실상을 막 보고 배우기 시작하던 20대 후반~30대 초반의 나는 그에게서 많은 걸 배웠다. 권력층, 재벌, 조폭 사이의 범죄의 그물망을 오래도록 보아온 그가 들려준 일화들은 블랙코미디가 섞인 '한국형 누아르' 영화 같았다. 이런 것들이다.

군사정권 시절에, 정권에 밉보인 한 재벌을 죽이라는 명령이 하달되자 경찰은 그 재벌이 뿌린 뇌물을 뒤졌다. 거기에 고관대작들이 줄줄이 나오자 청와대에서 뇌물 사건이 아니라 경제 사건으로 바꿔 수사하라고 검찰 특수부에 지시했다. 특수부는 경제 사건으로 만들어 그 재벌을 '보냈다.' 그 뒤 저간의 사정을 모르던 후임 특수부 팀이 기록에 들어 있던 뇌물을 발견하고는 '이게 웬 떡이냐' 싶어 다시 꺼내 수사하려고 했다가 혼쭐이 났단다……. 대통령의 일본 방문을 앞두고, 총련계 재일동포의 시위를 막기 위해 한 인사가 일본에 밀사로 갔다. 야쿠자를 만나 시위를 막아달라는 부탁을 하고 왔는데 내막을 전혀 모르는 경찰이, 한국 조폭이 일본 야쿠자와 자매결연을 맺었다며 그를 잡아넣었단다…….

나야 듣고 재밌어 했지만, 수십 년간 그런 세상을 수사해온 그

'텐텐 폭탄주'는
누아르 영화 같은
세상을 대하며
생긴 염세성을
씻어내는 소독용
알코올이
아니었을까

는 어땠을까. 그에겐 한국 사회에 대한 냉소와 호기심이라는, 어울리지 않는 두 태도가 공존하는 듯했다. 그는 사건이 터질 때마다 그 실체에 대해 기자들과 추리를 나누길 즐겼다. 그건 한국 사회가 어떻게 돌아가고, 어떤 사람들이 어떤 동기로 거기에 끼어드는지를 유추하는 지적인 작업이기도 했다. 그를 오래 보면서 이런 생각을 했다. 그가 매일같이 마시던 '텐텐 폭탄주'는, 누아르 영화 같은 세상을 대하며 생긴 염세성을 씻어내는 소독용 알코올이 아니었을까.

그가 함께 술 마시는 건 기자들 아니면 후배 검사들이다. 정치인이나 선배 검사와 어울리는 걸 보지도, 듣지도 못했다. 한 후배 검사의 말이 기억난다.

"심재륜을 존경하지만 심재륜 사단이 되고 싶진 않다. (심재륜보다 선배인) 검찰 고위간부들과 어울리질 않으니, 그 밑에 줄서 봤자 득이 안 된다."

실제로 심재륜, 그 자신부터가 위에 잘 보이질 못했다. 김영삼 정부 말기에, 경력상 당연히 대검 중수부장이 됐어야 하는데 그는 한직에 갔다. 김현철 사건에 대한 검찰 수사가 더더 여론의 비난이 쏟아지자 검찰은 구원투수로 그를 데려왔다.

그렇게 중수부장이 돼 김현철을 구속했는데, 김대

중 정부에선 그가 변호사의 향응을 받았다며 검찰에서 쫓아냈다. 멸치 안주로 폭탄주 마시는 그가 향응을 얼마나 받았을까 싶었는데, 아닌 게 아니라 그는 법원에서 면직처분이 부당하다는 판결을 받고 복직함으로써 명예를 회복했다. 그리곤 스스로 검찰을 떠났다. 얼마 전에 봤더니 그는 축구 광팬이 돼 있었다. 축구계 내부의 역관계와 문제점을 그 특유의 상상력으로 분석하는 모습이 여전히 그다웠다.

〈양들의 침묵〉을 보면, 범죄자를 쫓는 수사관이 범죄자와 닮아가는 데 대한 두려움의 묘사가 실감난다. 범죄자들을 수사하려면 그들의 머리로 생각해야 할 텐데, 검사도 비슷하지 않을까. 심재륜이야말로 누아르의 세계를 살았는데, 정작 그를 보면 누아르 영화와 딴판이다. 지금도 웃는 얼굴이 천진하고, 농담할 때 표정이 호기심 많은 개구쟁이 같다. 듣자니 퇴임 뒤 후배들이 그에게 국회로 나가라고 권유했고, 한때 법무부 장관 제의도 있었는데 고사했던 모양이다. 어쩌면 정작 누아르의 세계는 범죄를 수사하는 검사의 세계가 아니라 그가 발 담그기를 거부한 정치의 세계가 아닐까.

심재륜과 맥주 마시던 이야기를 빠뜨렸다. 1993년, 김영삼 정부 첫해에 검찰은 전방위 사정수사를 펼쳤다. 검찰 간부도 수사대상이 됐다. 이래저래 검찰 내부가 어수선하던 당시에 심재륜은 대검 감찰부장이었다. 그땐 대검찰청이 덕수궁 옆에 있었다. 검찰 출입 기자이던 나는 저녁 여덟 시쯤 대검 청사로 들어가다가 퇴근하는 심재륜을 만났다.

"어디 가? 이리 와!" 그는 내 손을 잡아끌고서 플라자호텔 지하의 펍으로 데려갔다. 거기서 생맥주를 마시기 시작했는데, 그가 마시는 속도가 장난이 아니었다. 나도 보조를 맞추는 수밖에 없었다. 그런데 그게 3,000cc, 4,000cc, 5,000cc가 넘어가니까 소변도 마렵고, 위에 맥주가 가득 차서 거꾸로 올라오려고 했다. 나는 결국 화장실 가서 바로 오바이트를 했다. 하지만 그는 끄떡 없었다. 나보다 체구가 작은데도 술 들어가는 기관이 따로 있는 모양인지 화장실도 자주 가지 않았다. 이처럼 폭탄주, 맥주에 강한 심재륜도 소주엔 무척 약하다는 말을 들었는데 확인해보지는 못했다.

몇 해 전 심재륜은 민변 소속인 윤기원 변호사가 대표로 있는 법무법인 원의 고문이 됐다. 이 책에 나오는 조광희 변호사도 그 법무법인 소속이다. 세상이 참 좁다. 나이가 들수록 더 좁아진다.

이상수

1962년생, 웅진베이징교육문화자문유한공사 법인장, 저서 『아큐를 위한 변명』 『오랑캐로 사는 즐거움』

$7\sim8$ 년 전쯤 술자리에서 있었던 일이다. 나는 『한겨레신문』에서 영화 담당 기자를 하고 있었다. 이상수라는 친구는 나와 동갑인데, 신문사에 두 기수 후배로 들어와 그때 나와 함께 영화 기자를 했다. 둘 다 기자 생활이 10년을 넘었을 땐데, 이 친구는 그 기간 동안 내가 엄두조차 내지 못했던 일, 가방끈 늘리는 일을 했다. 철학 석사, 박사를 했고 논문 하나를 『주역』을 가지고 썼다. 그 권위를 내세워 손금 보고 구라치는 일을 적재적소에 요긴하게 활용하곤 했다.

그 술자리엔 나와 이상수, 영화사 관계자인 여자 둘이 있었는데, 그중 젊은 여자가 당시 영화 담당 기자들 사이에서 미인으로 소문난 이였다. 적당히 술잔이 돌았을 때, 이상수가 그 비기를 꺼냈다. 그 '미인'의 손을 잡고 손금을 보며 목소리를 깔았다. "조선 시대에 태어났다면 세상에 나오자마자 버려질 상이네요." '미인'의 얼굴이 하얗게 질리는 듯했다. 이상수는 약간 뜸을 들이는 일도 빼놓지 않았다. 잠깐 시간을 보낸 뒤, 여전히 낮은 목소리로 말했다. "국모가 될 상이네요."

내 속에서 나도 모르게 탄식이 흘러나왔다. '작업을 저렇게 하다니?!' 이내 콤플렉스가 작동했다. '역시 가방끈은 늘리고 볼 일이다.' 물론 작업이래 봤자 그 자리에서 웃고 만 일이고, 이 친구는 내가 아는 유부남들 중에 가장 부인과 사이가 좋은 쪽에 속한다. 그래도 나는 시샘이 났던 모양이다. 그 뒤 이상수가 베이징 특파원으로 있을 때 나의 또 다른 술친구가 베이징에 갈 일이 있다고 해서 이상수를 소개해주고 연락처를 알려줬다. 그 친구가 이상수를 만나 이랬다고 했다. "임범이 당신을 이렇게 말하더라. 술 마실 때 자기는 절대로 언니 데려오지 않으면서 남이 데려온 언니와 혼자 다 떠들고 논다고."

17년 가까이 한 직장에서 술 마시면서, 신문사 그만둔 뒤에도 자주 만나 마시면서(내가 신문사 그만두고 몇 달 뒤 이상수도 그만뒀다) 그는 하고, 나는 안 한 일이 또 있다. 둘이 같이 마시면서 나는 오로지 술에 몰두해 있다 보면 이 친구는 책을 한 권 써냈고, 또 내가 마시다 보면 또 그는 써냈고, 그렇게 벌써 다섯 권이 나왔다. 내가 쓴 건 한 권도 없다. 이 친구가 쓴 책은 중국 대륙의 역사와 동양 철학의 심오한 세계인데, 내가 이제사 내겠다고 준비하고 있는 첫 '저서'는 술에 관한 책이다. 내게도 일관성하나는 있는 모양이다.

나는 참 사람 볼 줄 모른다. 이상수는 연대 사학과를 나와서 공장에 들어갔다. 세칭 '운동권'이었다. 거기서 5년 넘게 선반을 돌리다가 신문사에 들어왔는데, 본인 말로 선반 기술이 달인의 경지에 올라 자격증도 많고 기능공 올림픽에 나갔으면 메달도 탔

내가 만난 술꾼

을 거란다. 신문사 들어오니 월급이 줄었단다. 그 당시에 그런 친구들이 꽤 있었다. 좋은 대학 다니다가 노동운동 한다고 공장 들어가선 운동은 안 하고 일만 열나게 했던……. 이상수도 그렇게 봤다. 영악하기보다. 좋게 말하면 우직하고 나쁘게 말하면 미련한……. 나랑 같은 과라고 생각하고 열심히 마셨는데, 나중에 보니 가방끈도 늘렸고 저서도 많고, 심지어 작업도 잘하고…….

이상수는 술자리 매너가 좋다. 말을 재밌게 하면서도 혼자 떠들지 않고, 워낙 에너지가 많아 자기 자랑하지 않으면서도 남에게 활기를 준다. 주량도 만만치 않아 남이 술 더 마시고 싶어 할 때 그를 외롭게 만들지 않는다. 하지만 그와 술친구가 된 건, 술 매너보다도 신문사 다닐 때 느꼈던 동지감이다. 1990년대 초중반부터였던 것 같다. '진보적' 혹은 '개혁적'이라고 하는 곳에서도 공사를 구별하고 명분과 절차를 따지기보다 무리지어 권력 잡는 걸 중시하는 경우가 잦아졌다. 그나 나나 이런 사안에 예민하게 반응했고, 거기서 생긴 세상사를 바라보는 공감대가 여러 방면으로 확장됐다. 지금도 만나면 '한겨레' 얘기가 나오고, 신문 모습에 아쉬움을 토로하기도 하지만 이내 그러

그 '미인'의 손을
잡고 손금을 보며
목소리를 깔았다.
"조선 시대에
태어났다면 세상에
나오자마자 버려질
상이네요."

다 만다. '너나 잘하세요' 혹은 '우리나 잘하자'는 눈빛의 교환이
랄까. 그나 나나 고생하는 선후배 놔두고 먼저 나온 몸이니 지금
자기 영역에서 잘하며 마음으로 응원하는 수밖에.

언젠가 그가 술 마시다가 술집 칠판에 한시를 썼다. 이태백의
시란다.

"기씨 노인이 황천에서 아직도 분명히 술을 빚고 있을 텐데, 그
곳에는 이태백이 없으니 그 술을 누구에게 팔까."

각자의 노동의 결과를 눈여겨 보아주고 때론 그걸 즐기면서
긴 세월 함께 술 마시는 친구. 그런데 이 친구는 몸 관리도 한다.
몇 해 전엔 포도 다이어트로 5킬로그램'을 뺐다. 나도 운동하자.
다 밀려도, 기씨 노인은 되지 말자.

그 뒤

웅진출판사의 중국 현지 법인 대표를 맡은 이상수는 4년 전에 가족들 놔두고 혼자 베이징에 갔다. 그래도 여전히 쾌활해 보였는데 1~2년 전부턴, 이따금씩 서울에 올 때 보면 그도 외로움을 타는 듯했다. 부지런한 이상수는 기타를 열심히 연습해서 베이징에 있는 한국인들 몇 명을 모아 밴드를 만들었단다. 밴드 연습하고 공연하는 재미로 산다고 했다. 이 글 쓸 때 내가 준비하던 책은 지난해에 '술꾼의 품격'이라는 제목으로 나왔다.

술 좋아하는 사람들은 숱하게 많다. 술 마시다 망한 이들 또한 나를 포함해 주변에 즐비하다. 그런데 술로 흥한 사람은 내 주변에 딱 하나뿐이다. 바로 임범이 그이다.

우리들은 기껏 술 좋아했다가 박제상 아내처럼 돌덩어리로 변해가는 간장이나 현무암처럼 구멍 난 위장을 전리품으로 얻었을 뿐이다. 술에 취해 비틀거리다 가산과 집안이 함께 흔들거리거나 가장과 배우자로서 체신과 신뢰가 빈 술병처럼 나뒹구는 사태에 빠지는 경우도 흔하다. 우리 모두가 술과의 전쟁에서 패한 상이술꾼인 반면 임범은 술을 제압한 전문가로 우뚝 섰다. 주당들의 히어로라 아니할 수 없다. 범은 2006년 막무가내로 회사 때려치운 뒤 『중앙선데이』에 '씨네알콜'이란 칼럼을 쓰기 시작한 이래 이제는 숫제 술로 먹고사는 것 같다. 술에 관한 책도 냈고, 술에 대한 강연 요청이 잇따르고, 위스키 시음회 초청장도 온다고 한다. 얼마 전에는 엠비시에서 술에 관한 다큐멘터리를 찍었고, 그걸 극장용으로 개봉하기까지 했다. 영화 만들겠다고 회사 때려치우고 나가 결국 술에 관한 필름으로 감독 데뷔를 한 셈이다. 한국사회에서 술로 성공한 유일한 입지전적 인사가 아닐까 싶다.

1991년 2월쯤이었을 것이다. 출입처 퇴근하고 회사 들어오면

걸터앉을 의자 하나 변변하게 없던 수습기자 시절, 당시 누군지도 모르던 임범이 내 옆구리를 콕 찌르며 말을 걸었다.

"너 팔일이지? 나도 팔일이다. 어디 가서 소주나 한잔하자."

나보다 입사 기수가 두 기 빠른 범은 당시 이미 줄잡아 마흔 초입은 훌쩍 넘긴 원숙미 넘치는 외모를 자랑했다. 그런 그가 나와 동갑이라고 주장하니, 수습기자를 또 어떻게 골려먹으려는 선배의 고약한 수작인가 싶어 한껏 의심에 찬 눈초리를 날릴 수밖에 없었다. 둘이 소주잔을 앞에 두고 족보를 헤아려보니 같은 시절 같은 학번으로 대학 생활을 보낸 게 맞았다. 심지어 (서로 다른 대학이었지만) 총학생회 일도 같이 했고, 무슨 총학생회 연합 반정부 세미나를 조직하느라 만난 적도 있는 거였다. 나는 그 순간이, 내가 막 폭탄주와 숙취와 작취미성과 취생몽사 뭐 이런 것들과 평생 인연을 맺고 있는 순간이었음을 전혀 깨닫지 못했다.

범이 평생 술을 함께 가장 많이 마신 사람은 아마 내가 아니겠지만, 내 평생 함께 술을 가장 많이 마신 친구를 꼽자면 단연 범이다. 내가 보기에 범은 한마디로 '호기심이 많은 사람'이다. 오늘의 범이라는 캐릭터를 만들어낸 8할은 호기심일 것이다. 나는 그처럼 사람과 이성과 세상과 술에 대한 강렬한 호기심을 품고 사는 이를 아직 만나보지 못했다.

그는 비록 내가 신문사 두 기수 후배였지만 기꺼이 친구가 되었고 나를 늘 '상수 오빠'라고 부른다. 겨우 신문사 조금 일찍 들어왔다는 걸로 당신에게 군림하는 선배가 되고 싶진 않다는 태도가 묻어나온다. 그가 취재원과 만나거나 다른 후배들을 대할 때도 배어나오는, 사람을 명함이나 지위보다 사람으로 보려는 이런 태도가 범의 가장 큰 매력이다. 그건 사람에 대한 호기심 없이 호기만으로는 취하기 힘든 포즈다.

사람에 대한 호기심에서 이성에 대한 것을 뺄 순 없다. 호르몬의 작용이 정상인 한 누군들 이성에 대한 호기심이 없겠는가마는, 범은 사춘기의 그것이나 〈올 레이디 두 잇〉 수준의 그것이 아니라, 사람 그 자체에 대한 호기심의 연장선상에 있다. 이를테면 이런 것이다. 내가 보기에 참 숙맥처럼 보여 주흥을 돋우기보다는 그 반대일 것 같은 언니들도 범이 있는 술자리에 끼면 어느새 봉천동 귀신처럼 목을 돌려 달의 반대편만큼이나 우리가 보지 못했던 모습을 보여주곤 한다. 그럴 때마다 나는 배우를 조련해 끼를 살려내는 감독의 그림자가 그에게 어른거림을 발견한다. 그럴 때마다 나는 낮문화와 밤문화가 다르셨다는 낮퇴계와 밤퇴계에 관한 어느 야사 연구가의 학설이 맞을지도 모른다는 상념에 잠긴다. 그럴 때마다 나는 모차르트의 〈밤의 여왕〉 아리아를 환청으로 듣기도 한다.

대표적인 일화는 어느 숙맥 여기자의 이야기다. 이분은 보통 숙맥이 아니셨는데, 범의 꾐에 빠져 술자리에서 게임에 동참한 게 화근이었다. 게임에 져서 벌칙으로 하필 범과 키스를 해야 했는데, 그게 그 여인의 인생에서 이성과의 첫 키스였다. 그 여인은 첫 키스에서 감미롭고 로맨틱한 추억을 얻는 대신 인생의 아이러니와 씁쓸함과 고단함에 대한 성찰의 아픈 지혜를 시큼한 숙취와 함께 얻은 것이다.

호기심과 더불어 범을 묘사할 때 빠뜨릴 수 없는 미덕은 섬세함이다. 범은 겉보기에 약간 거친 듯 보일 수도 있지만, 사실은 하이퍼-리얼리즘 수준으로 섬세한 사람이다. 그의 섬세함은 언니에 관한 일일 때는 한 발 더 빠르고 한층 더 인자하게 작동한다. 한번은 아일랜드에 출장을 같이 간 적이 있는데, 일행 가운데 다른 신문사의 여기자 한 사람이 이러저러한 사정으로 호텔 방을 따로 하루 더 잡아야 했다. 그러자 범은, 언니를 위해서라면 어떻게 그런 섬세한 배려가 순발력 있게 용솟음치는지, 나의 동의도 구하지 않고 바로 자기 호텔 방을 그 언니에게 양보하는 생색을 맘껏 낸 뒤 "난 상수랑 자면 돼" 하고는 내 방으로 건너왔다. 그때는 내가 머리를 강산에처럼 기르고 다니던 시절이었다(당시 내 헤어스타일이 이외수를 연상시킨다는 자들은 바로 살생부에 올려 정리 수순을 밟았고, 강산에 같다는 이들은 지금도 여전히 나랑 친하다). 출출한 것 같아 내가 지불하기로 하고 룸서비스를 주문한 뒤 나는 샤워를 시작했다. 곧 벨보이가 음식을 가져왔고, 나는 물이 뚝뚝 떨어지는 긴 머리를 애써 수습하며 계산하기 위해 화장실에서 나왔다. 피식 웃음을 참는 듯한 표정의 벨보이가 나간 뒤 범과 나는 맨손으로 뱀이라도 잡은 것처럼 기분이 미끈거렸다. 내가 먼저 입을 열었다.

"저, 벨보이, 표정이…… 마치…… 동양인도 게이 많네……하는 표정 같지 않았어?"

그러자 범의 대답이 더 가관이다.

"나도 똑같이 느꼈어. 안 그래도, 영어로 이렇게 말할까 하다 말았어. 위 아 낫 러버, 위 아 저스트 프렌즈……."

"누가 물어봤느냐고……."

그의 명예를 위해 공정하게 말해두자면, 범이 언니에게만 섬세한 건 아니다. 나는 범과 부산국제영화제 취재를 몇 차례 함께 갔는데, 한번은 내 생일이 끼어 있었다. 범은 우리가 단골로 가던 포장마차에 꽁치구이와 조개탕 따위로 생일상을 차린 뒤 용케 어디서 구해왔는지 스프레이로 인공 강설을 시작했다. 이 섬세함의 극치. 여기까지는 너무도 감동적이었지만 결과는 참혹했다. 아마도 석유화학 제품일 눈 스프레이가 음식과 찌개에 소복소복 쌓여 아무것도 먹을 수 없게 되었지만, 그날의 눈 스프레이는 여전히 내 추억에 소복소복 쌓여 있다. 음식이야 버린들 어떠하리. 우리가 평생 지겹도록 먹어왔고 또 먹어갈 것들 아닌가.

다시 공정성을 발휘하자면, 범은 또 다른 이성에도 호기심이 짙다. 이성(理性) 말이다. 지나친 진지함이나 쓸데없이 무게 잡는 태도를 천성적으로 못 견디는 범이지만, 그는 취생몽사의 술판에서 나름 귀 기울일 만한 이성적인 담론들을 꾸준히 생산해왔다. 가령 영화 기자 시절 '여관 영화'라는 기발한 한국적 장르를 만들어낸 것도 그였고, '루저'와 '마이너리티'를 개념적으로 구별해낸 것도 그였다(마이너리티란 언젠가 자신이 주류가 되는 시절이 도래할 것을 기대하고 목청을 높이는 이들이지만, 루저란 그런 사다리 뒤집기의 꿈조차 포기한 삶을 사는 이라는 게 그의 취중 사유의 결론이었다는 것만 짧게 소개해두자).

범의 가장 인상적인 모습은 물론 폭탄주 제조에 임하는 진지한 자세다. 가령 맥주잔에 양주잔을 어떻게 빠뜨려야 적당한 거품이 치솟아 폭탄주의 비린내를 가시게 하는가 따위를 논하는 그의 눈빛에선 장인의 섬세함이 빛난다. 그래서 나는 내 학위논문 감사의 글에서 그를 '폭탄 좋아하는 주문의 선객'이라고 불렀다. 생각하면 인생이 얼마나 심심하기에 이런 스산한 놀이에 지극정성을 다했던가 싶기도 하다. 그러나 그런 호기심과 그런 섬세함도 없었다면 우리는 무얼 하며 이 허물어져가는 세상을 건너왔을까 싶기도 하다.

김의겸

1963년생, 한겨레신문 사회부장

미남이었다. 옛날식 미남. 이마와 눈매가 〈로마의 휴일〉에 나오는 그레고리 펙을 닮았는데 눈이 그보다 컸다. 눈 빛이 반짝거렸고 약간 각진 턱선에선 결기와 과단성 이 읽혔다. '투사＋지사'형이었다. 아닌 게 아니라 고려대 법대 학생회장을 지냈고, 학생운동으로 감옥에 갔다왔다고 했다. 김의겸, 지금 『한겨레신문』 문화부 장이다. 나보다 신문사 두 기수 후배로, 19년 전 그를 처음 봤을 때 인상이 그랬다. 그랬는데……

당시에 '김기설 유서 대필 사건'이라고 세상을 떠들썩하게 한 일이 있었다. 자살한 운동권 학생의 유서를 다른 학생이 써줬다고 검찰이 그 학생을 구속하고, 운동권에선 조작이라며 명예를 걸고 맞섰다. 이 사건 재판에 매우 중요한 검찰 쪽 증인 여학생이 한 명 있었는데, 이 여학생이 어디 있는지 검찰 빼곤 알 수가 없었다. 김의겸은 그때 경찰 기자로 이 여학생을 찾아 나섰다. 오랜 추적 끝에 그녀를 만나놓고는 별 말 없이 사라지는 그녀를 붙잡지 못했다. 잔뜩 기대했던 당시 캡(경찰 기자 팀장)이 김의겸을 깨는 걸 옆에서 보면서 이런 생각을 했다. '찾아내느라 생고생했을 텐데, 쩝. 여자한테 꼼짝 못하는 친구구나!'

얼마 뒤 취재 차 그와 함께 대전에 출장 갔다. 대전

의 한겨레신문 지국장 한 명이 김의겸과 감옥 동기였다. 몇 년 만에 만난 친구가 처음 묻는 말. "너 요즘은 발 씻고 자니?" 김의겸은 감옥에 있는 동안 발을 어지간히 안 씻었던 모양이다. '게으른 친구구나!' 그는 꼬박 2년 반 동안 감옥에 있었다. 1980년대 중반 민정당사 점거농성을 주동했다고 간 건데, 아무리 군부독재라고 하지만 시국사건으로 그렇게 오래 감옥 사는 일도 드물었다. 말이 안 되는 생각이지만, 그가 감옥을 오래 산 것도 그의 게으름과 무관하지 않아 보이기까지 했다.

그가 기자로서 게으른 건 아니다. 기자엔 두 가지 유형이 있다. 적은 팩트를 가지고 포장을 잘해서 후딱 큰 기사를 만들어내는 이와, 팩트가 많이 쌓이기 전에는 좀처럼 기사를 안 쓰되 한번 쓰면 알찬 기사를 내놓는 이가 있다. 후자가 선진국형 기자이겠지만, 한국형 언론 풍토에선 누가 더 낫다고 하기도 힘들다. 김의겸은 다분히 후자였다. 남들 같으면 스트레이트 기사 몇 개는 쓸 팩트를 조그만 상자 기사 안에 꽉 채워오는 스타일이었다. 나로서는 이런 스타일을 좋아하지만, 여하튼 그가 갖춘 건 '결기와 과단성'이라기보다 꼼꼼함과 신중함이었다. 그의 인상에 대한 내 해석은 틀려만 갔다. 그 결정적인 게……

술에 관한 한 그는 나무랄 데 없다. 술버릇 없고, 선후배 두루 잘 어울린다. 술 얘길 꺼낸 건, 그가 술 마시다 털어놓은 얘기(살면서 사기 당했던 일화들) 때문이다. 그는 자신이 '남을 잘 믿는

내가 만난 술꾼

다'고 표현했다. 대학생 때 학생회 사무실에 지방 대학생이라며 한 남자가 찾아와 "지방 대학에 학생회를 만들려는데 돈이 부족하다"고 했단다. 김의겸이 앞장서서 학생회비에서 당시로서 제법 큰돈을 빼내 줬는데, 그 남자가 사기꾼이었단다. 그땐 학생운동 차원에서 속았다 치자. 수년 전 집 앞 주차장에서 누군가가 차 트렁크에서 골프채를 왕창 꺼내며 "명품인데 여차저차 해 지금 처리해야만 하니 반값에 사라"고 했단다. 은행 가서 돈까지 찾아 사고 보니 고철 값이었단다. 남을 잘 믿는다고? 내 생각엔 이랬다. '사행심이 있구나!'

첫인상과 실제 모습 사이의 괴리에 그의 인간적 매력이 있었다. 반듯하고 엄격해 보이는 얼굴이, 게으르고, 공돈에 혹했다가 사기 당하고, 여자에게 꼼짝 못하는 그림을 떠올리면 코믹하기도 하지만 그의 매력은 겸손함이다. 이름에 '겸' 자가 있어서일까. 그는 기자 생활을 주로 정치부, 사회부를 오가며 했다. 그러다 보면 세상일이 빤하고 지겨워 보이기 십상인데, 그는 냉소적이지 않고 남들 욕도 잘 안 한다. 세상과 사람에 대해 결론을 유보한 채 지속적으로 관찰한다. 나처럼 싫증 잘 내는 인간하고 말이 잘 통하면서도 정작 그 자신은 꾸준하다. 스스로는 속이 타는지도 모르지만 여하튼 안달하지 않는다. 『한겨레신문』도 센세이셔널할 때가 적지 않은데, 김의겸 같은 이가 거기 꾸준히 있는 게 든든하기도 하다.

5년 전 그가 미국에 연수 갔을 때 그에게 놀러 갔다. 그가 운전하면서 공항으로 가는데 길을 몰라 잠시 헤맸다. 다른 사람에게 물어보라고 독촉해도 그는 죽어라고 표지판만 보며 달렸다. 토익 성적도 꽤 좋았다면서 도무지 영어 하기를 꺼렸다. 전에 보니 그는 완벽한 문장을 만들어야만 미국인에게 말을 건넸다. 속으로 중얼거리고 있었을지 모른다. '우드 유 플리즈 텔미 더 웨이…….' 그냥 '에어포트?' 해버리면 될 것을. 이걸 반듯하다고 해야 하나, 미련하다고 해야 하나. 그의 말. "뭐하러 물어봐? 미국은 표지판이 잘 돼 있단 말이야!"

학연을 중시해서 선후배끼리 밀어주고 당겨주기로 유명한 대학
한 곳을 꼽으라면 십중팔구 고려대학교를 꼽을 거다. 고대 법대
를 나온 김의겸이 언젠가 이 대학교의 그런 특성에 대해 스스로
도 놀랐다는 말을 한 적이 있다. 어떤 특성? 고대 출신들끼리의,
좋게 말하면 친화력이고, 나쁘게 말하면 공사 구별 안 하고 자기
들끼리만 챙겨주고 받는 태도 말이다. 김의겸은 그때 들려준 일
화를 나중에 신문 칼럼에 썼다. '나, 고대 나온 남자야'라는 칼럼
제목부터가 화제가 됐다.

　　……전두환 때다. 말하기 겸연쩍지만, 데모를 하고 감옥
을 간 적이 있다. 해가 두 번쯤 바뀌니 공주교도소로 이감
을 가란다. "징역살이 어디나 똑같지, 귀찮게……" 투덜거리
며 가보니 웬걸, 고대 출신들을 몽땅 모아놓은 게 아닌가. 교
도소 당국은 사동 하나를 통째로 비워놓고 방문도 다 따주
며 활개치고 살란다. 건달 조직의 두목 조양은 씨가 우리들
'편의'를 봐주도록 눈감아주기도 했다. 공주지청의 고대 선
배 검사는 청요리에 배갈을 잔뜩 먹여 만취 상태로 교도소
에 돌아온 적도 있다. 징역식 과장법을 쓰자면, 비행기 만들

어 탈옥하는 것 말고는 다 할 수 있었다. 알고 보니 당시 고대 출신 검찰총장이 고대 총장으로부터 "후배들 신경 좀 써달라"는 부탁을 받고 화끈하게 선심을 쓴 것이었다……

20대에 전두환 정권 시절을 겪어본 나로선 이 일화가 참 재미있다. 그 서슬 퍼렇던 때에 정부에서 좌파로 간주하던 반정부 운동세력에게 검찰총장, 교도소장, 인근 검찰청 검사가 짬짜미해서 이런 특혜를 베풀다니……. 그 대학 선후배의 단결력은 이념까지도 초월하는구나! 졌다!

세월이 많이 흐르긴 했지만 김의겸이 이 일화를 신문에 쓴 건 어찌 보면 내부자 거래를 폭로한 일일 수도 있다(칼럼 전체의 주제도, 고대 출신들을 요직에 등용하는 이명박 정부의 인사에 대한 비판이다). 그런데 내가 아는 고대 출신들은 이 글 보고 낄낄대며 웃었다. 자기들도 재미있는 모양이다.

어쨌건 김의겸은 문화부장 뒤에 정치부 선임기자를 잠시 하다가 사회부장이 됐다. 일이 재미있는지 전보다 얼굴이 밝아졌다.

그러다 보면 세상일이 빤하고 지겨워 보이기 십상인데, 그는 냉소적이지 않고 남들 욕도 잘 안 한다. 세상과 사람에 대해 결론을 유보한 채 지속적으로 관찰한다.

조선희

1960년생, 소설가

젊을 때 죽 해오던 일을 접고, 40~50대에 새 일을 시작하는 것. 내가 40대 후반이다 보니 이제껏 해온 일을 그만두는 이들이 앞서거니 뒤서거니 주변에서 나온다. '인생 이모작'이란 말도 이와 비슷한 것일 텐데, 사는 게 말과 달라서 막상 '이모작'을 보란 듯 성공적으로 해나가고 있는 이들이 많지 않다. 나 역시 오래 다닌 신문사를 그만두고 영화 일 한다고 해놓고 별 성과가 없다. 아직 과정이라고 생각하지만, '과정'이라는 말이 위로가 되는 듯하면서 끔찍하기도 하다. 이렇게 계속, 평생이 과정이라면……, 으.

그러는 동안 어딘가 아픈 것 같은데 병원 가면 '별 탈 없다'는 말을 듣고 나오는 일이 잦았다(누군가 갱년기 증상이라고도 했다). 나와는 전혀 무관할 것으로 여겨왔던 우울증 비슷한 증상도 겪었다(지난해 시나리오 초고를 하나 쓴 직후에 정서적으로 좋지 않아 정신과를 갔더니 의사는 '크리에이션 피버'라고 했다. '크리에이터'가 되기도 전에 '크리에이션 피버'부터 앓다니……). 그런저런 증상들이 나만의 것이 아님을, 얼마 전 나보다 한참 일찍 '인생 이모작'을 시작한 한 여자 선배를 만나고 새삼 알았다.

조선희는 나보다 두 살 많지만, 언론사 입사는 7년

이나 빠르다. 연합통신에 다니다가 『한겨레신문』 창간 때 옮겨와 문학 담당 기자로 이름을 날렸고, 『씨네21』을 만들어 편집장을 했고, 2002년에 언론사 생활 20년을 접고 소설가로 나섰다(소설책도 두 권 냈다). 최근 3년 동안은 한국영상자료원장을 맡았다가 임기가 끝난 뒤 다시 집에 들어앉아 소설을 쓰고 있다. '이모작' 잘하고 있다고 보이지 않는가.

영상자료원장 임기 말에 조선희는 책을 냈다. 『클래식 중독』이라고 한국의 원로 영화감독들에 관해 쓴 책인데, 그를 만나 책을 받고 3일 지나 전화가 왔다.

"그 책에 아무개 감독에 대해 쓴 부분 봤어?"

"아직 안 봤는데……."

"이거 영 관심이 없구만!"

전화가 뚝 끊겼다. 큰일 났다 싶어 얼른 아무개 감독 부분만 읽고서 전화를 했다.

"어때? 재밌어?"

"재밌어, 재밌어!"

"그렇지? 그게……."

글 잘 쓴다는 말을 오래전부터 들어온 사람인데, 칭찬에 굶주려 하다니. 그리고 얼마 지나 전화가 왔다. 술 먹자고 했다.

품행 단정하고 정숙한 조선희를 '술꾼'이라고 하기는 뭣하지만, 그도 분위기가 맞으면 술을 제법 마신다. 둘이서 폭탄주를 돌려 마시며 그가 한 말인즉, 책이 초판도 다 안 팔렸다는 거였다. 그나마 팔린 게 대부분 자신이 사서 지인들에게 돌린 것이라고 했다. 이러니 지금 준비하는 소설도 기껏 썼는데 몇 사람만 보고 마는 게 아닌지, 우울해지더라는 거였다(그가 전에 낸 소설책들은 반응이 좋았지만 열광적이진 않았다). 그날도 기분이 자꾸 가라앉는 것 같아 술 마시고 풀어야겠다고 했다.

흔히 사람을 '개과'와 '고양이과'로 나눌 때, 공동체 지향적인 사람을 '개과'로, 개인주의적인 사람을 '고양이과'로 부른다. 내 생각에 조선희는 전형적인 '개과'였다. 공동체를 걱정하고, 공동체에 책임지며 헌신하는……(그의 장편 『열정과 불안』에도 '개과'의 품성이 보인다). 1995년 『씨네21』을 창간할 때 조선희는 회사 경영진과 잡지의 방향을 놓고 마찰을 빚기도 했다. 그게 정점에 이르던 한 아침에 일어나니, 아파트 창밖으로 뛰어내리고 싶어지더라고 했다. 또 언젠가는 꿈에 '한겨레' 사람 몇이 안 좋은 모습으로 나타나 잠에서 깬 뒤 신문사 걱정에 밤새 뒤척였다고 했다. 그 책임감! 그 애사심! 그가 언론사를 떠날 때 내가 그랬다. "조 선배는 집단 안에 있어야 하는 사람"이라고.

진짜 개과는 그 개과스러움 때문에 집단을 떠나 홀로 세상과 대면하는 길로 가는 거구나!

조선희가 회사를 떠난 지 몇 년 뒤, 그가 영상자료원장 후보에 올랐다는 말을 듣고 난 당혹스러웠다. 창작하겠다고 나선 사람에게 옆길 같았다. 그에게 전화를 했더니, 비로소 근황을 털어놓는데 그 상태가 좋지 않았다. 무기력감, 우울증 같은 것에 시달렸다고 했다. 사람들과 함께하는 일이 필요해 보였다. '역시 개과인데…….' 소설가의 꿈이 컸겠지만, 그가 성취를 이룬 자리에서 오래 죽치며 누리지 않고 새로운 길로 간 데는, 후배들에게 일을 물려줘야 한다는 공동체에 대한 책임감도 적지 않게 작용했겠구나 싶었다. '진짜 개과는 그 개과스러움 때문에 집단을 떠나 홀로 세상과 대면하는 길로 가는 거구나!'

영상자료원장으로 있으면서 조선희는 활기차 보였다. 임기 끝날 때 그랬다. 이제 가뿐하게 창작에 전념할 수 있을 것 같다고. 그래도 '개과'가 다시 홀로 새 일을 시작하려니 초조함이 생기는 모양이지만, 아무리 봐도 '크리에이션 피버'부터 앓는 나 같은 이가 걱정해줄 정도는 아닌 것 같다. 얼마 전에 봤더니 그랬다. 지금 준비 중인 소설을 다 마치기 전에 죽거나 크게 다치면 어쩌나 싶어 걱정이라고. 그 막강한 책임감이라면 잘하지 않겠나.

최근 조선희는 신작 소설을 끝냈다. 집필을 마친 날, 카페 '소설'에 왔다. 2400매, 최소한 두 권짜리 장편 소설이 내년(2012년) 봄에 나올 거라고 했다. 일제시대 '빨갱이' 여성들의 얘기란다(조선희가 그냥 '빨갱이'라고 쓰라고 했다. "짧고 좋잖아!").

최보은과 『씨네21』에서 함께 일할 때, 그러니까 십수 년 전의 일이다. 어느 날 택시 안에서 우리는 '한겨레' 남자들 중에서 같이 살아보고 싶은 남자가 누구냐를 주제로 잠깐 진지한 대화를 나눴다. 물론 우리 둘 다 유부녀였다. 그때 최보은은 오 모 씨, 김 모 씨를 꼽았고 나도 두엇쯤 이야기했던 것 같은데 어쩐 일인지 첫 번째로 임범을 꼽았다는 것만 기억에 남아 있다. 나는 "너는 어째 마초만 좋아하냐"고 했고, 최보은은 "임범이 남자로서 매력이 있냐" 하면서 우리는 서로의 남자관을 비웃었다. 직장 동료들을 대상으로 그런 시뮬레이션을 즐길 수 있었던 것만으로도 그때가 나나 최보은이나 인생의 전성기였다고 말할 수 있을 것 같다. 가령 우리가 편의점이나 분식집 같은 데서 근무했다면 그토록 풍부한 남자후보군을 가질 수 없었을 것이고, 또 『한겨레신문』처럼 정치적 취향 면에서 한 번 걸러진 집단이 아니었다면 가용자원에 허수가 많았을 것이다. 또 지금의 우리가 택시 안에서 그런 대화를 나눈다면 택시기사가 창황한 나머지 접촉사고를 일으켰을지도 모른다.

지금 이 글을 쓰면서 그때의 기억을 떠올려보니 최보은이 "임범이 남자로서 매력이 있냐"는 말 뒤에 "같이 술 마시기나 좋지"

하는 말을 덧붙였던 것 같다. 글쎄다……, 술 마시기 좋은 사람이 같이 살기도 좋은 것 아닐까, 하는 건 내 생각일 뿐인지, 임범 주위에는 늘 여자들이 많고 그것도 젊고 예쁜 여자들이 많고 더러 에로틱한 분위기도 감돌고 하는데 임범이 아직 독신인 걸 보면 언니들이 결정적인 순간에 '술 마시기 좋은 사람이 같이 살기도 좋지는 않은 것'이라고 꼬리를 내려버리는 건지도 모르겠다.

한 포털사이트 검색창에 임범을 쳐보았더니 '평론가, 전 신문기자'라고 나와 있다. 전직 신문기자는 맞다. 하지만 평론가라니? 임범은 영화평이나 문학평을 쓰지 않는다. 사실은 '술 평론가'인데 '술' 자를 뺀 것은 포털사이트 사전에 그런 용어가 없기 때문일 것이다.

임범의 현직이 영화 프로듀서 겸 시나리오 작가라는 건 아는 사람만 안다. 다만 신문기자를 그만둔 지 5년이 지났는데 아직 데뷔하지 못했고 여전히 준비 중이라는 것이다. 두 편의 시나리오가 현재 작업라인에 걸려 있는데 그래도 시나리오가 영화가 되는 건 정자가 인간이 되는 것보다 훨씬 가능성이 높은 일이라 다행이고 이것들이 영화가 되어 개봉관에 걸리기 전까지 당분간은 임범이 술 평론가라는 직함을 벗어나기 힘들 거 같다. 실제로 지금 다른 무엇보다 술 평론가로서 가장 생산성이 풍부하며 그것으로 생계를 해결하는 것도 사실인 것 같다. 게다가 『술꾼의 품격』이라는 책도 냈고 이 연재물도 책으로 나올 모양이고, 심지어

한 공영방송은 창사특집 다큐 시리즈 중 '술 문화' 편의 프로듀서를 맡김으로써 임범을 지금 한국 사회에서 가장 권위 있는 술 평론가로 인증했다.

사실 술을 좋아한다고, 많이 마신다고, 자주 마신다고 권위 있는 술 평론가가 될 수 있는 건 아니다. 임범은 그 권위가 부끄럽지 않을 만큼 '술꾼으로서의 품격'을 가지고 있다.

첫째, 한동안 그의 이메일 ID는 isman(이즈맨)이었다. 술자리의 전문용어인 '고 맨 고, 이즈 맨 이즈'에서 따온 것이다. 우리말로 '갈갈말말(갈 사람 가고 말 사람 말고)'이다. 임범은 주로 '이즈 맨'쪽이지만 그렇다고 '고 맨'들을 억지로 붙들거나 못살게 굴지는 않는다. 이 미풍양속만 잘 지켜진다면 술자리의 시비는 절반쯤 줄어들고 술꾼들의 가정생활과 직장생활의 위험도 그만큼 줄어들 테지만 그게 쉬운 일은 아니다. 나만 해도 어렵게 집을 나와 모처럼 만났는데 누가 자리를 뜬다고 하면 심하게 잡는 편이다. 심지어 내 가까운 친구 중에는 새벽 서너 시에 일어나도 잡다가 화내다가 배신감에 치를 떠는 친구가 있는데 그래서 '헤어지기 힘들어 만나기 두려운 친구'가 그의 별명이 되었다. 하루 걸러 하루씩 그렇게 마시는 사람인데도 그런 걸 보면 분명 임범의 '이즈 맨' 정신은 술꾼으로서 드문 기품이다.

두 번째는 폭탄주의 예술이다. 임범은 폭탄주 제조 전문가다. 군기가 센 업계에서는 '마빡주'니 '폭포주'니 하는 것들이 유행한다지만 임범은 늘 맥주잔에 양주 뇌관을 넣어서 평범한 폭탄주를 만든다. 그것도 마시는 사람의 취향에 따라 뇌관을 3부나 4부 정도로 약하게 '말아' 주는데 나는 임범이 만드는 폭탄주가 맛있다. 얼마 전 내가 관공서 생활을 할 때 얘긴데 관료들의 저녁 회식은 대개 일곱 시에 시작하면 음식 나오기 전에 벌써 '말기' 시작해서 아홉 시나 열 시쯤이면 끝이 난다.

아침 일찍 출근해야 하니 술자리도 속전속결이 될 수밖에 없다. 임범의 폭탄주에 익숙한 나로서는 여기 폭탄주가 너무 짜서 적응하기 쉽지 않았다. 싱겁게 말아서 천천히 마시면서 노닥노닥 놀다가 노래도 부르고 또 천천히 마시면서 오래오래 살면 좋은 것 아닌가. 최근에 임범과 술을 마시는데 뜻밖에 두 시간쯤 지나도록 맥주만 마시고 있다. "안 말아?" "이제 내가 주동은 뜨지 않을라고." "왜?" "남들은 다 건실하게 사는데." 살면서 우리는 무수한 깨달음의 순간을 통과하게 마련이다. 하지만 삼십 분쯤 지났을까, 참다못한 임범이 말했다. "이제 말자." 깨달음이 습관을 이기기는 쉽지 않을 것이다.

셋째, 인사동에 임범의 단골 술집이 있다. '소설'이라는 곳인데 지금은 가회동 주택가 안으로 이사를 했다. 이 술집은 20년 전 세브란스 병원 건너편의 '볼쇼이'로 출발해서 신촌역 앞→ 인사동 골목→ 일산→ 인사동 백상빌딩 지하→ 인사동 학고재 골목→ 그리고 지금의 가회동까지 긴 유랑의 역사를 지니고 있는데 우리는 지금까지 이 술집 주인 염기정을 따라다니고 있다. 나는 이따금 가지만 임범은 명실공히 '소설'의 '가구'다. 임범은 신문사를 그만둔 뒤 아예 인사동 오피스텔에 집을 얻었다. 맹자도 학교 앞으로 이사해서 공부를 잘하게 됐다고 하지만 술꾼이라면 이 정도 성의는 있어야 할 것이다. 임범은 낮에는 가회동 성곽 길을 산책하고 산소를 충분히 섭취해서 컨디션 조절을 하고 몸 만들어서는 저녁에 '소설'로 간다.

넷째, 술꾼으로서 임범의 품격을 완성하는 것은 그의 노래다. 그는 기타도 잘 치고 노래도 잘 부른다. 그의 18번은 송창식의 〈나의 기타 이야기〉인데 연말에 옛 '한겨레' 동료들과 망년회를 할 때 그는 이 노래를 부른다. 나는 임범이 〈나의 기타 이야기〉를 4절까지 부르는 걸 들어야 '아, 또 한 해가 가는구나' 하고 감회에 젖는다.

내가 임범을 처음 본 것은 30년쯤 전이다. 내가 첫 직장에 다닐 때 어느 주말에 송추로 하이킹 갔다가 아버지 산소에 왔다는 직장 동료를 만났는데 그 뒤쪽에 정종 병쯤 되는 어떤 것을 들고 서 있던 땡글땡글한 얼굴의 대학생이 그의 동생이었고 오늘날의 임범이다. 임범의 형은 나의 첫 직장 동료였고 임범은 내 두 번째 직장의 동료가 된 것이다. 형제는 많은 점에서 다르지만 술 좋아하는 점은 똑같다. 그다음 장면은 『한겨레신문』 2기 신입기자 모집 때 서강대의 논술고사장. 맨 가운데 줄 둘째 자리에 낯익은 학생이 앉아 있었고 종이 땡 쳤음에도 열심히 쓰고 있길래 시험 감독이던 나는 맨 뒤로 가서 뒤에서부터 시험지를 걷어오는 방식으로 은근히 특혜를 제공했는데 그가 역시 임범이다.

임범이 이 시리즈의 하나로 나에 대해 쓴 게 있는데 『한겨레21』에 실린 걸 본 김선주 선배가 "너를 왜 이렇게 재미없게 만들어놨냐" 했을 정도로 재미없게 썼다. 성질 같아서는 똑같이 재미없게 써서 복수를 하고 싶었지만 쓰다 보니 성심성의껏 쓰게 되고 또 임범에 대한 애정이 절절이 드러나고 또 그러다 보니 그럭저럭 재미있는 글이 되어버리고 말지 않았나 하는 한심한 생각이 든다.

털보

1958년생, 인사동 포장마차 주인

도무지 기억이 안 났다. 내가 그 포장마차에 가기 시작한 게 언제부터이더라? 6~7년은 된 것 같은데……. 아! 포장마차 주인 '털보'가 어느 날 갑자기 젊고 예쁜 여자와 결혼해서 포장마차에 함께 나와 일했던 게 생각이 났다. 털보보다 열두 살 어린, 띠 동갑이라고 했는데 그때부터 털보의 얼굴이 확 피었다. 얼마 전 털보에게 물었다. 형이(털보는 나보다 네 살 많다) 결혼한 게 언제냐고. 1998년이라고 했다. 그럼 최소한 12년 전부터 왔다? 다시 물었다. 그럼 형이 인사동 사거리 옆에서 포장마차를 하기 시작한 게 언제냐고. 1991년부터라고 했다. 헉!

내가 인사동에서 본격적으로 술 마시기 시작한 게 1994년 미술 담당 기자를 하면서였다. 당연히 그때 '털보네'에 왔을 거다. 돌이켜보니 큐레이터 누구, 화가 누구와 포장마차에서 술 마신 기억이 난다. 16년이 넘었다는 얘긴데 기억 속 시간과 왜 그렇게 차이가 날까. 포장마차가 낮에는 없다가 밤에만 나타나는 가건물(건물? 시설?)이어서일까. 아니, 술이 취한 상태에서 2차, 3차로 가는 곳이어서 유념해 기억하지 않았던 것일 수도 있다. 어쨌거나 털보네 포장마차가 20년이 됐다…….

안국동 로터리에서 인사동 길로 들어가 인사동 사거리를 조금 지나면 오른 편에 털보네 포장마차가 (밤에만, 일요일 빼고) 있다. 머리 벗겨지고 수염 잔뜩 기르고 사람 좋게 생긴 털보의 모습이 쉽게 눈에 띈다. 터를 넓게 잡아서 자리가 널찍하다. 해산물들이 싱싱하고, 여느 포장마차처럼 양념이 심하게 맵거나 짜지가 않다. 무엇보다 주인을 잘 아니 안심하고 먹게 된다. 언제 이 집에 들르게 되면 라면을 한번 먹어보시라. 각종 해산물을 넣고 매큼하게 끓여주는데, 속이 확 풀린다.

'털보'의 본명은 변홍식이다. 서울 창천동에서 자란 신촌 토박이인데, 인사동 포장마차를 시작한 뒤부터 줄곧 익선동, 계동 등지에 살면서 인사동 토박이가 됐다. 내가 3년 전 이사하려고 계동 쪽에 집을 알아보러 갔다가 우연히 털보를 만났다. 아닌 게 아니라 동네 부동산 정보에도 빠삭했다. 가회동, 계동 일대를 털보와 함께 걸으면 털보는 동네 아줌마, 할아버지들과 인사하느라 정신이 없다. 큰 덩치와 대조적으로 사람 만나면 살갑게 말을 건네는 그는, 술장사만 안 했다면 어지간히 술을 마셨을 거다.

전에는 자기 포장마차에서도 손님이 빠지고 한산해지면 같이 한잔하고 했는데, 결혼한 뒤엔 부인 눈치 보며 자제한다. 털보는 인상처럼 기분파이기도 한데, 야무진 성격의 부인을 참 잘 만났다. 주변에 보면 딱히 결혼을 잘 못 했다 싶은 사람도 드물지만, 그렇다고 결혼 참 잘했다 싶은 사람도 적은데 털보가 딱 그렇다.

늦은 밤 포장마차 밀면서 부인과 함께 퇴근하는 모습을 보고, 그때 비로소 나는 인사동 일대를 사람들 오가는 곳이 아닌, 사람 사는 동네로 여기게 됐다.

털보는 20대에 기아자동차에 다니다가 그만두고 강남구 신사동에서 카센터를 했다. 돈을 제법 벌었는데 경리직원이 돈 들고 달아나고 하면서 부도가 났다. 부정수표단속법에 걸려 도망도 다니고 노가다도 뛰고 하다가 1991년부터 포장마차를 시작했다. 처음엔 하루 매출이 4만 원이었는데, 6개월을 하루도 쉬지 않고 하니까 단골이 생기면서 매출이 열 배 넘게 뛰었단다. 주방 아줌마를 둘 만큼 잘나가다가 집 사려고 큰돈 모은다고 주식 투자해 또 날리고, 그러면서 포장마차 경력 20년이 됐다. 그사이 정부의 단속이 심할 땐, 노점상 연합회 지부장을 맡아 구청 마당에 드러누우며 '생존권 투쟁'에도 나섰다.

술집 손님, 특히 포장마차 손님들이야 2차, 3차로 들렀다 가면서 나처럼 16년 단골 기간을 6년으로 기억할 만큼 무심하지만 주인은 어떨까. 털보는 인사동 술 문화가 1997년 구제금융 사태를 전후로 확 바뀌었다고 말한다. 그전에는 젊은이들, 연인들이 많이 와선 석화 한 접시에 소주 세 병씩 마시면서 밤을 새곤 했

나는 비로소
인사동 일대를
사람들 오가는
곳이 아닌,
사람 사는 동네로
여기게 됐다

는데, 구제금융 이후로 30~40대 층으로 싹 바뀌었다고 한다. 그 뒤로 또 달라져서 6~7년 전부터는 인사동에 술손님 자체가 줄었단다.

"우리 때는 비 오면 빗소리 들으며 술 마시고, 추운 날에는 발 동동 구르면서 소주잔 기울였잖아. 요새는 안 그래. 비 오거나 날씨 추우면 손님 싹 끊겨."

살아보면 술집도 나이가 들고, 동네도 나이가 든다. 술집 주인이 나이 드는 만큼 손님도 나이 들고, 인근 술집, 밥집도 함께 나이가 든다. 나이 드는 걸 감추려고 보톡스를 맞듯 인사동 길은 여차하면 공사를 하는데 다음 달부터 또 인사동 사거리 일대에 보도블록 공사를 시작한단다. 공사를 밤에 하니, 털보는 걱정이다.

"가까운 데로 옮겨서 해야겠지. 장사를 쉴 수 있나."

그 뒤
......

인사동 보도블록 공사는 끝났고(물론 또 언제 다시 뜯어내고 새
로 깔지 모르겠지만) 털보네 포장마차는 예전 그 자리에서(인사
동 사거리에서 청계천 쪽으로 조금 가다가 왼편) 그대로 영업을
하고 있다. 다만 털보의 띠 동갑 부인은 나와 있지 않고 털보 혼
자 장사를 한다. 부인은 종로 3가 포장마차 밀집촌에 점포를 하
나 내 따로 장사를 하고 있다. 털보는 오랜만에 다시 혼자 술 나
르랴, 요리하랴, 돈 계산하랴 정신 없어 하면서 얼굴 살이 쏙 빠
졌다.

구창모

1963년생, 아트서비스 상무

얼마 전 종로구 필운동에 있는 후배 집에 갔다가 꼬불꼬불한 골목 모퉁이에 문을 열고 있는 비디오/디브이디 대여점을 봤다. '비디오 대여점이 아직도 남아 있구나!' 2년 전 한 영화의 디브이디를 빌리기 위해 종로구 일대 대여점을 뒤진 적이 있다. 자주 가던 대여점 두 곳은 이미 카페로 바뀌었고, 대여점 자체를 찾기가 힘들었다. 어느 틈에 사라져 추억이 돼버린 곳, 그중의 하나로 비디오 대여점을 꼽는다면 그것도 이미 한물간 얘기일 거다.

하긴 1960~1970년대 청소년들의 발길을 사로잡았던 만화 대본소도 그렇게 슬그머니 사라졌다. 그러고 보면 대중문화 콘텐츠 소비 방식의 변화가 한국만큼 빠르고 또 전향적인 나라도 드물 거다. 당연히 그 변화 때문에 밥줄이 끊기고 직업이 바뀌는 이들이 적지 않을 터. 비디오 대여점 하면 떠오르는 이가 있다. 할리우드 메이저 영화사 콜럼비아의 한국 지사에서 오랫동안 일했던 구창모다.

구창모는 대학 졸업 뒤 광고 회사에 다니다가 구제 금융 파동 때 해고돼 1998년 봄에 콜럼비아 영화사에 들어갔다. 거기서 콜럼비아가 직접 배급하는 영화의 홍보, 마케팅 일을 하다가 얼마 뒤 비디오/디브이디 시장이 커지면서 2000년 7월 그도 콜럼비아 영화사 안의 비디오/디브이디 관련 부서로 자리를 옮겼다. 그리곤 3~4년 뒤부터 그의 입에서 앓는 소리가 나왔다. 불법 다운로드 때문인지 뭔지 여하튼 비디오/디브이디 판매뿐 아니라 대여까지 수요가 크게 줄어 대여점들이 하나둘 문을 닫기 시작했을 때였다.

구창모 말이, 미국 본사의 임원이 오기만 하면 "한국 사람들이 극장에서는 그렇게들 영화를 많이 보는데 디브이디를 이렇게 안 본다는 게 말이 되냐, 당신들이 열심히 일을 안 해서 그런 것 아니냐"라고 질책을 한다고 했다. 한국의 특수한 사정을 아무리 설명해도 못 알아먹더라고 했다. 마침 한국의 영화제작자들이 불법 다운로드 방지 운동에 나서자, 구창모는 그들과 세미나도 함께하고, 관련 자료도 넘겨주고 하면서 열심히 뛰었다. 그래서 어떻게 됐느냐고? 그건 잠깐 미루고 구창모에 집중하자.

그의 이름은 옛날 그룹 '송골매'의 보컬리스트와 똑같지만, 생긴 건 배우 김상경을 닮되, 김상경보다 조금 투박, 혹은 소박한 인상이다. 체구가 크며 큰 체구답게 평소에도, 술 마셨을 때도 주변 사람들을 잘 챙긴다. 영화를 본격적으로 좋아하게 된 건 군대 가서였단다. 영화감독 육상효와 고등학교 동기인데, 카투사에서 그를 다시 만났고 둘이 매일같이 미군 부대에서 자막도 없는 미국 영화를 봤단다. 자막 없는 영화를 공부하듯 봐서일까. 그는 원래도 진지한 편인데 영화에 관해선 더욱 진지했다.

내가 구창모를 알게 된 건 1999년 영화 담당 기자를 하면서였다. 그때 콜럼비아사가 직배한 영화 가운데 〈바이센테니얼 맨〉이 있었다. 로봇이 인간의 감정을 갖게 되고, 수술해서 인간이 되고, 그러면서 200년을 사는 얘기였는데, 이 영화를 소개한 한 신문 기사에 "상영시간 두 시간이 200년처럼 길게 느껴진다"는 표현이 있었다. 얼마 뒤 구창모는 뤽 베송 감독의 〈잔 다르크〉 기자 시사회가 있던 날, 무대에 올라와 그 기사를 인용했다.

"이번엔 200년(바이센테니얼)에서 100년으로 줄여 백년전쟁에 관한 영화를 준비했으니, 조금 덜 지겹지 않을까 합니다……."

그는 작품성 좋은 영화가 흥행이 안 될 것 같다는 판단에 따라 극장 개봉 없이 바로 비디오로 출시되는 일을 꽤나 안타까워했다. 비디오 부서로 옮긴 뒤 그는 비디오 대여점으로 직행할 영화 가운데 몇 편을 우겨서 극장 스크린에 올렸다. 애니메이션 〈메트로폴리스〉, 뮤지컬 〈렌트〉 같은 영화들이었는데, 흥행이 그리 좋았던 것 같진 않다. 2006년이었다. 〈아메리칸 뷰티〉의 샘 멘더스 감독이 걸프전을 소재로 찍은 영화 〈자헤드〉가 콜럼비아사의 신작인데 비디오 시장으로

아직도 불법
다운로드 해서
보는 X들이
있다니

직행하게 됐다. 구창모는 그게 아까워서, 남산 애니메이션 센터의 스크린 한 개를 빌려 기자 시사회만이라도 열기로 하고 기자들을 불렀다. 그날 거기 간 기자는 나 혼자였다. 구창모의 말. "언제부터, 왜, 이렇게 문화가 바뀌었죠?"

기자들이야 워낙 바쁘니 그날의 시사회는 우연히 그랬을 수 있지만, 여하튼 그와 내가 알기 시작한 이후 수년 동안 영화 관람 문화가 크게 바뀐 건 사실이었다. 비디오/디브이디 시장의 궤멸 역시 어쩔 수 없는 변화의 대세였다. 구창모는 이리저리 열심히 뛰었음에도 콜럼비아사는 2008년 비디오/디브이디 사업부문을 폐쇄했다. 콜럼비아사를 나온 구창모는 '소서러스 어프렌티스'라는 영화 수입사를 차리고 총괄상무를 맡았다. 이 회사가 수입한 〈꼬마 니꼴라〉는 관객 20만 명을 넘어 짭짤한 수입을 올리기도 했단다. 하지만 구창모의 진지함은 여전히 걱정스럽다. 이 회사가 곧 개봉할 영화가 장 뤽 고다르의 〈필름 소셜리즘〉이란다.

그 뒤
......

얼마 전 구창모는 영화 광고대행사 아트서비스의 상무로 들어갔다. 트위터를 열심히 하는데, 여전히 영화광이어서 옛날 영화에 나온 대사들을 트위터에 올리기도 하고, 또 국내에서 아직 개봉하지 않은 외국 영화에 대해 누군가가 트위터에 글을 올리면 '아직도 불법 다운로드해서 보는 X들이 있다니' 하며 비분강개한다.

구창모식 썰렁 개그는 트위터 덕에 더 늘었다. 그의 트위터(Changmo_Koo)엔 이런 게 올라와 있다. '이과생들이 두주불사한다는 이과두주', '기 모 기자(성이 기씨인 기자)가 기네스생(맥주)하고 동성동본이라 못 마신다고', '(전국적으로 정전이 났던 다음 날에) 1953년 7월 이후로 한국은 정전 상태임'…….

조광희

1967년생, 변호사, 영화사 봄 대표이사

2000 년대 초반 영화판엔 활기가 넘쳤다. 화제작이 끊이지 않았고 관객 기록 상한선이 수시로 깨졌다. 스크린쿼터 운동도 있어서 영화 기자를 하던 나로선 취재할 게 많았다. 당연히 영화인 술친구들이 늘어갔는데 그래도 기자는 어쩔 수 없이 기자였다. 취재원과 막역해지기 힘듦을 새삼 느낄 때가 있었고, 영화인들이 모인 자리에서 한참 술 마시다가 문득 '남의 잔치에 와 있다'는 이물감에 젖기도 했다. 그때 영화판에 나 비슷한 존재, 딱히 영화인은 아니지만 영화인들과 수시로 부대끼던 이가 한 명 있었다. 조광희 변호사였다.

조광희는 1990년대 후반부터 영화 검열 조항의 위헌제청 소송 등 영화 관련 송사들을 맡았고, 영화 전문 변호사 1호로 자리매김하면서 당시 큰 영화사 네다섯 곳의 자문 변호사도 맡았다. 그를 처음 만난 건 영화감독 임상수를 볼 때였다. 임상수가 입이 걸고 독설이 심하기로 유명한데 조광희가 그와 친한 걸 보고 생각했다. '순하고 점잖은 사람이구나.' 영화판 속 비영화인끼리의 유대감? 여하튼 반가웠다. 법조 기자를 할 때 개인적으로 표현의 자유에 대해 관심이 많았는데 마침 그는 표현의 자유와 관련한 소송을 전공으로 하고 있었다.

당시 조광희가 쓴 글에 이런 대목이 있다.

"표현의 자유는 자라고 있는 사람, 여전히 꿈을 꾸는 사람, 그리고 억압받는 사람들이 다 자랐거나 더 이상 꿈꾸지 않거나 권력을 가진 사람들에 대해 요구하는 최소한의 권리다……. 젊고, 불온하고, 발칙한 상상력을 가진 이들에게 표현의 자유를 주는 것이 두려운가. 그렇다면 당신은 너무 많이 가졌거나 나이에 상관없이 늙은 것이다."

그때나 지금이나 한국 사회가 표현의 자유의 소중함을 잘 모른다 싶을 때가 많다. 조광희의 글엔 남다른 깊이감이 있다. 그와 친구하지 않을 이유가 없다.

조광희와 술 마실 땐 뜻밖의 이점이 있었다. 그의 외모가 준수해 신문사 여자 후배들이 조광희와 술 마신다고 하면 잘 따라 나왔다. 그러다가 언제부턴가 그의 주가가 떨어졌다. 여성에 관심이 없는 '초식남'으로 비쳤던 모양이다. 조광희가 초식남인지 아닌지, 나는 잘 모르겠지만 분명한 건, 외모만큼이나 매너도 준수하다는 것이다. 점잖고 매너 좋은 게 장점이기만 할까. 사람이 뭔가 부족하거나 과해서 매력 있게 보일 때도 있지 않나. 조광희는, 음식으로 치면 심심한 서울 음식 같다. 자세히 보면 그 심심함 안에 푸근함과 정감이 있는데, 그걸 알기까지 시간이 좀 필요하다. 조광희가 말수가 적기 때문에 더 그렇다. 이 책에 나오는 건축가 조건영이 조광희를 안 지 얼마 안 됐을 때, 둘이 한 시간 가까이 한

택시를 탄 적이 있었단다. "조광희는 왜 그렇게 말이 없냐? 딱 한마디 하더라. 날씨 좋죠?"

조광희의 '말수 적음'은 여행할 때 좋다. 여행은 서로 별말을 안 해도 불편하거나 어색하지 않은 사람끼리 가는 게 좋지 않나. 6년 전 뉴질랜드에 갔다. 조광희는 당시 초등학교 다니던 딸과 함께 왔다. 저녁 때 내 방에서 술을 마시자고 불렀더니, 딸이 혼자 있기 무섭다고 했다. 변호사 부녀의 대화는 달랐다. (딸) "아동학대로 고발할 거야." (조광희) "아빠랑 같이 아저씨 방에 가 있다가 아빠 술 다 마시면 같이 오자. 그렇게 너와 아빠의 이해관계를 조절하자." 몇 년 뒤 제주도에 갔다. 조광희는 뚜껑이 열리는 차를 타보지 못했다고 했다. 파란색 미니 컨버터블을 하루 렌트했다. 교대로 운전하며 섬을 돌았다. 늙은 게이로 보였을지 모르지만, 우린 별말도 없이 풍경과 기후에 집중했다. 제주시에 들어와서도 뚜껑 열고 달리다가, 그때 제주도에서 카페 '소설'을 하던 염기정에게 목격 당했다. "멋진 차에 남자 둘이 타고 있는데, 보니까 흰 머리(조광희)와 대머리(나)더라고."

2006년에 조광희는 변호사 일을 잠시 접고 영화사 봄의 대표로 갔다. '영화판 속 비영화인'에서 아예 영

순하고 점잖은
조광희를
분노하게 만드는
이 상황이
아쉽다고 할까

화인으로 전향했던 것이다. 봄으로 옮기기 직전에 수개월 동안, 강금실 당시 서울시장 후보의 대변인 일도 했다. 마흔 살 되면서 하고 싶은 일을 좇아 자유롭게 움직이는 그가 멋있었다. 하지만 때가 안 좋았다. 영화계는 그때부터 찬바람이 불기 시작해 제작 편수가 급감했다. 그가 신인감독들 술 사주며 격려하는 모습을 자주 봤는데, 준비하던 영화들이 줄줄이 투자가 안 돼 엎어졌다. 지난해부터 조광희는 변호사 일을 다시 시작했다. '원'이라는, 민변 변호사들이 대거 포진해 있는 큰 로펌으로 들어갔다.

얼마 전부터 조광희는 조금 달라졌다. 진보적인 태도야 예나 지금이나 여전하지만, 예전에 그가 쓴 글들은 차분하고 온화했는데, 최근의 글들은 투쟁적이다. 이건 두말할 것 없이 이명박 정부 이후 민주주의의 퇴행 때문이고, 따라서 그의 글에 담긴 분노와 선동은 정당한 것이겠지만, 난 아직도 설득과 유혹이 좋은 것 같은데, 내가 별달리 실천하고 있는 게 없으니……. 뭐랄까, 순하고 점잖은 조광희를 분노하게 만드는 이 상황이 아쉽다고 할까.

그 뒤
......

변호사 일을 다시 시작한 뒤, 조광희가 맡은 가장 큰 사건은 한 명숙 전 총리가 수뢰 혐의로 기소된 사건이었다. 조광희에게 가끔 술 마시자고 전화를 하면, 그는 한 전 총리 재판일로 공휴일에도 사무실에 나가 일할 때가 많았다. 애초부터 검찰 기소가 무리하다는 지적이 있었고, 재판 과정에선 수사의 허점이 잇따라 드러나더니 결국 1심에서 한 전 총리에게 무죄가 선고됐다. 그랬더니 검찰은 한 전 총리를 정치자금법 위반 혐의로 다시 기소했고, 조광희는 이 사건도 변호를 맡았다. 이번에도 1심 선고 결과는 무죄였다. 조광희 파이팅!

미술판, 영화판

홍상수
배영환
장선우
문소리
김조광수
이섭
이준익
양혜규

홍상수

1960년생, 영화감독, 〈생활의 발견〉〈해변의 여인〉〈하하하〉〈북촌방향〉

8~9 명쯤 됐던 것 같다. 왁자지껄 떠들면서 다들 술을 제법 마신 상태였는데, 홍상수는 두 명씩 팀을 짜게 했다. 그리곤 한 명씩 대표를 뽑아 가위바위보를 하게 했다. 진 팀은 소주 원샷. 가위바위보를 늦게 내도 원샷. 어느 한 팀이 오래도록 지질 않아 술을 안 마시고 있다 싶으면 아무나 그 팀에 '딜미'라고 지적을 할 수 있다고 했다(이걸 왜 '딜미'라고 부르는지 모르겠지만 여하튼 그만의 용어다). 그래놓고 다음 가위바위보에서도 그 팀이 지지 않으면, 그 팀은 두 잔을 마시게 했다.

순식간에 소주가 비워져 나갔다. 한 20병까지 갔나. 어쨌건 깨어 보니 다음 날 아침이었다. 다행히도 당시 내가 다니던 한겨레신문사 가까이의 한정식 집이어서 방바닥에서 푹 자고 출근할 수 있었다. 돌이켜보니 오바이트도 한 것 같았고, 머리와 속 다 아팠다. 홍상수는 멀쩡하게 집에 간 모양이었다. 나도 주량이 많다면 많은 편이고, 또 어지간해서 필름 끊어지는 일이 없는데……, 그와는 대적이 불가능한 것 같았다.

출근하며 생각해보니 한심했다. 가위바위보 해서 술 먹기라. 이건 무슨 게임도 아니고, 술 못 먹어 환장

한 이들처럼 '가위바위보' '꿀꺽' '가위바위보' '꿀꺽'……. 그런데 그게 재밌다고 다들 열심히 가위바위보를 해댔다. 그걸 비디오로 찍어놓고 인간 아닌 신이나 외계인이 본다면 〈동물의 왕국〉 같았을 거다. '저 동물들 참 희한하게 노네. 그런데 저게 노는 거 맞아? 웃는 것 보면 노는 게 맞겠지.'

2002년이었던 것 같다. 홍상수가 김상경과 함께 왔던 걸 보면 〈생활의 발견〉 개봉을 앞두고 있던 때였다. 그때 김상경이 그랬다. "이창동 감독님하고 여러 명이 술 마시는데, 이 감독님이 홍 감독님 영화를 두고 먹물들이 자위하는 영화라나, 뭐 그렇게 말하셨어요. 그랬더니 홍 감독님이 'X까지 마, X까지 마' 하면서 고래고래 소리를 치시더라고요……"(이창동과 홍상수는 친한 사이다). 그 자리에 있던 기자들은(나 말고 『씨네21』 기자들도 있었다) 모두 신나게 웃었지만, 홍상수의 얼굴은 편치 않아 보였다. 아마도 그 조금 뒤에 그가 가위바위보를 하자고 했던 것 같다.

홍상수는 그닥 가깝지 않은 이들(특히 기자들)이 여럿 있는 자리에선 여차하면 '가위바위보 술 먹기'를 했다. 〈극장전〉 촬영 현장 공개가 끝나고 인사동 호프집에서 그랬고, 〈생활의 발견〉 촬영 중이었던 춘천 호숫가에서도 그랬다. 그는 사람들이 술 취해 자기 영화를 얘기하는 걸 좋아하지 않는 듯했다. 그건 이해가 갔다. 홍상수 영화야말로 사람들이 받아들이는 방식이 천차만별해서, 술 먹고 감정이 과해진 상태에서 화제에 오르면 별의별 소리, 말도 안 되는 소리까지 나오는 경우가 많을 듯했다. 그러니 쓸데없이 말 많이 하지 말고 술이나 먹자는 것일 텐데…… 독특한 건, 어떨 때 보면 홍상수는 사람들이 술 취해가는 걸 즐겁게 관찰하고 있는 것 같다고 할까. '이 동물들 참 귀엽게 노네……'

홍상수와 술을 묶어놓고 말할 때, 또 하나 빼놓을 수 없는 게 진실게임이다. 1990년대 말부터 2000년대 초에 진실게임이 갑자기 유행했고(《진실게임》이라는 영화까지 나왔다), 그 종류도 많았다. '있다 없다' 게임, '이 중에 가장 ~할 것 같은 사람' 지목하기, 한 사람에게 질문하되 두 번 추가 질문하기 등등. 하지만 그게 다 마찬가지다. 해보면 모두 섹스의 문제로 집중된다. 유물론도 유심론도 아닌 유성(性)론의 세계.

2000년, 〈오! 수정〉이 개봉한 직후였다. 그때 나는 『한겨레신문』의 영화 담당 기자로 있으면서 홍상수와 장선우 감독을 불러내 대담을 시킨 뒤에 함께 술 마시러 갔다. 대담 주제가 '여관 영화'여서였을까. 2차 갔을 때 문화계 인사, 기자 등 몇 명이 더 합세한 자리에서 홍상수가 진실게임을 하자고 했다. '최근에 언제 했고, 누구와 했고, 어떻게 했고……', '가장 금기를 깨고 한 게 언제이며, 상대는 누구이며……'. 나도 이

전에 몇 번 해본 게임이지만, 그날따라 참가자들의 입에서 나온 '진실'의 수위가 매우 높았다(이 책에 쓰지 못함을 송구스럽게 생각합니다).

홍상수에겐 '가위바위보 술 먹기'든 '진실게임'이든 사람들이 거기에 몰두하도록 하는 묘한 재주가 있다. 거리를 두고 보면 진실게임도 참 한심하지 않나. 누가 언제 했는지가 뭐 그리 궁금하며, 내 성생활을 드러내는 게 뭐 그리 재밌을까. 하찮은 관음증과 쪼잔한 노출증일 텐데 거기에 진실이니 아니니 하는 핑계를 붙여 술 마시고 먹이고……. 이것도 신이나 외계인이 보면 웃길 거다. '저 동물들은 대화도 희한하게 하네.' 그런데 홍상수가 거기 있으면 사람들은 열심히 그 게임을 한다. 그리고 홍상수에게선 '가위바위보 술 먹기' 때처럼 즐거운 관찰자의 눈빛이 살아난다.

홍상수의 영화 〈여자는 남자의 미래다〉에 진실게임이 나온다. 주인공 남자 교수가 제자들과 진실게임을 하다가 한 남자 제자로부터 "선생님 저질 아니에요?"라고 면박을 당한다. "뭐가 저질이고 뭐가 아니야? 너희들은……" 하며 맞서지만 이미 무기력하다. 이 영화는 홍상수 영화 가운데 가장 우울해 보였는데, 그때 홍상수를 인터뷰하면서 물었다. "요즘도 진실게임 하나?" "안 한다. 재미없다. 대신 가위바위보 해서 술 먹는 무식한 게임을 한다." 기사를 이렇게 썼다.

"홍상수 영화가 진실게임을 닮았다……. 욕망이 전면에 나서고, 숨긴 사연을 들추고, 위악적이면서 노출증적인 쾌감도 있고, 조금은 반성의 기제도 작동하게 하고, '건전한' 사람들이 보기엔 저질스럽다는 점까지……. 그런데 홍상수와 홍상수의 영화에서 진실게임의 시대가 지나가고 있다'라고.

그때가 2004년이었다. 지금 보면 홍상수의 영화들은 진실게임보다 〈동물의 왕국〉을 닮은 것 같다. 〈동물의 왕국〉을 동물 아닌(다른 동물보다 우월하다고 스스로 생각하는) 인간들이 보듯, 홍상수의 영화는 그 속의 인간들을 인간 아닌 신이 들여다보는 것 같다고 할까. 밀란 쿤데라는 "인간은 생각하고 신은 웃는다"는 이스라엘 속담을 인용하면서, "소설은 그런 신의 웃음을 훔친 것"이라고 말했다. 삶의 인과관계를 맞추려고 골똘히 생각하는 인간들을 보며 웃는 신의 웃음. 거기엔 연민이 있을 거다. 귀엽게 볼 거다. 홍상수 영화는 가까이 몰입해서 보면 영화 속 인물들과 함께 진실게임을 하는 것 같지만, 한 발짝 떨어져서 보면 '신의 웃음'이 보인다.

좋은 소설이나 영화라면 모두가 많든 적든 이런 웃음이 스며 있겠지만 홍상수의 영화에선, 특히 최근작으로 올수록 이런 웃음이 도드라져 보인다. '가위바

홍상수가

거기 있으면

사람들은 열심히

그 게임을 한다.

홍상수에게선

즐거운 관찰자의

눈빛이 살아난다

위보 술 먹기'를 할 때, 진실게임을 할 때(그는 다시 진실게임을 한다), 그의 웃음도 같은 걸까? 잘 모르겠지만 그는 사람보고 '귀엽다'는 말을 자주 한다. 홍상수는 주량이 세고 주사도 없어 술자리에서 그를 만나면 곧잘 함께 마시지만, 이런 술꾼이 함께 술 마시기 좋은 술꾼인지 아닌지 아직도 잘 모르겠다.

유달리 춥던 지난해(2010년) 겨울, 홍상수는 카페 '소설'에서 그의 열두 번째 장편영화 〈북촌방향〉을 찍었다. 단골손님들은 카페 한구석의 방 안으로 들어가 '슛!' 하면 소리를 죽여가며 술을 마시는 불편함을 겪기도 했지만, 홍상수 역시 이 카페의 중요 단골인 만큼 모두 흔쾌히 양해를 했다.

소설 주인 염기정에겐 이 영화 〈북촌방향〉이 더없는 효자 노릇을 하고 있다. 영화 개봉 뒤, 영화를 보고서 '소설'을 찾아오는 손님, 그것도 20대 젊은 손님들이 하루 평균 두세 팀에 이른다. 얼마 전엔 슈퍼스타 K2의 장재인이 친구들과 함께 소설에 온 걸 보기도 했다. "이 카페 너무 좋아요. 담에 꼭 다시 올게요" 하는 젊은이들도 여럿 있다. 홍상수 덕에 소설 손님의 평균 연령이 적어지려나.

배영환

1969년생, 미술작가

배영환의 작품에선 술 냄새가 났다. 1990년대 후반부터 발표한 〈유행가〉 연작은 '유행가'라는 제목부터가 맨 정신을 배척하는 것 같았다. 캔버스에 위장약, 두통약 따위 알약을 붙여서 '언젠간 가겠지, 푸르른 내 청춘, 지고 또 피는 꽃잎처럼……'으로 이어지는 노래 〈청춘〉의 가사를 적어 넣은 〈유행가 2 – 청춘〉에 이르면, 술 냄새뿐 아니라 과음으로 인한 토사물의 냄새까지 풍긴다. 싼 술을 폭음하고 다음 날 괴로워서 위장약, 두통약 먹고 하면서 '언젠간 가겠지' 했더니 벌써 가버린, 그 '청춘'이라는 단어도 술을 부르지 않는가.

자개 무늬의 기타, 빨간색 기타, 목이 두 개인 기타 등 여러 가지 기타에 '남자의 길'이라는 이름을 붙인 연작은 또 어떤가. 기타 잘 치고 싶은 욕망, 마초적인 남자 문화에 길들여지던 와중에 드물게 가졌던 감성적인 욕구를 '남자의 길'이라고 일반화해버린 결과, 결국 들통 나고 마는 건 그 허약한 로망 안에 담긴 과잉과 허세였다. 술 취해 감정 과잉의 열변을 토하는 이의 입에서 뿜어져 나오는 알코올 냄새가 작품 속 촌스런 형상의 기타들에서도 스며 나오는 것 같았다. 이상한 건 그 알코올 냄새까지도 달게 느껴진다는 거였다.

아이디어가 반짝반짝하는 배영환의 작업들은 언론에도 많이 소개됐다. 무료 급식소, 공중화장실 위치 등 노숙자에게 필요한 정보를 수첩에 담아 나눠준 '노숙자 수첩', 컨테이너 박스 안에 도서관을 꾸려 전국 필요한 곳에 보내는 도서관 프로젝트 등등. 지난해 그는 〈아주 럭셔리하고 궁상맞은 불면증〉이라는 작품을 발표했다. 그냥 보면 세련되고 멋진 샹들리에로, 임상수 감독의 〈하녀〉에 나오는 대저택의 샹들리에가 이 작품이다.

자세히 보면 병 조각들을 철삿줄로 엮어놓았고, 병 조각은 대부분 소주, 맥주병 조각이다. "겉으론 멀쩡하고 번드르르하지만 속은 다 깨져 있고, 그 조각들이 겨우 외양만 유지하면서 아무 일 없다는 듯 굴러가는"(배영환의 표현) 이 사회, 혹은 인간들에 대한 은유일 수 있다. 그런데 왜 하필 술병 조각? 아무래도 배영환에게 술 혹은 술병은 하찮게 여겨질 만큼 친숙한 존재인 듯하다.

배영환은 중학교 2학년 때부터 술을 마셨다. 한양대 안 숲이 그와 친구들의 아지트였다. 숲의 큰 바위에 오르면 한강까지 내려다보였다. 거기서 술 마시다가 새빨간 노을을 봤다.

"사춘기의 상실감, 엄청난 센티멘털함, 아무런 이유 없는 순도 100퍼센트의 감정, 그런 게 밀려왔다. 나중에 마크 로스코의 추상화를 보니 딱 그때의 노을 같았다. 그 노을이 내 사춘기에 잊지 못할 그림으로 남아 나를 화가로 만든 게 아닐까. 돌이켜보면 중학생 때 마신 술이 진짜 술 같다. 순수한 음주 행위랄까. 길에서 자고, 그래도 안 무섭고, 세상이 다 아름답고, 취한 내가 벼슬이고……."

그 뒤로 세상을 알고 세상과 엮이면서 술의 순도, 아니 술 취함의 순도가 낮아져 갔다. 20대엔 술 취하면 사고를 많이 쳤고, '마치 신파 영화가 한 번은 꼭 눈물을 짜듯 클라이맥스에 해당하는 뭔가를 하고서야 자리를 파했다. 1980년대엔 다들 그런 술 문화 속에 있었을 거다. 배영환은 그걸 '자폭적 낭만주의'라고 불렀다. '학교와 군대의 폭력적 문화 속에서 안 겪어도 될 걸 겪으면서 그걸 견디기 위한 자기 비하 또는 희화화'라는 것이다. 어떻든 변화는 불가피한 것.

"제대하고 나니까 술 마시고 아무 데서나 자는 게 갑자기 무서워지더라고요. 술 먹고 그림 그려서 좋게 나온 게 하나도 없었고. 미술은 대단히 이성적인 거구나……."

내가 배영환을 만난 게 1994년 일간지의 미술 담당 기자를 할 때였다. 배영환은 초짜 작가였는데, 술로 치면 '자폭적 낭만주의'의 시대를 막 지났거나 그 끝자락에 있었던 것 같다. 열혈청년 같긴 했지만 나는 그가 술 마시고 사고치는 걸 보지 못했다. 대신 그는

거기서 술 마시다가 새빨간 노을을 봤다. 그 노을이 내 사춘기에 잊지 못할 그림으로 남아 나를 화가로 만든 게 아닐까

술자리에서 유머와 말재간이 늘어만 갔다. 재주도 많아 영화 〈킬리만자로〉의 시나리오를 쓰고 〈비단구두〉 미술감독도 했다. 〈비단구두〉엔 배우로 출연도 했는데 연기도 좋았다.

배영환은 바쁘다. 이런저런 전시회가 쉴 새 없이 이어진다. 그런데도 그는 영화감독을 하겠다고 수년 전부터 말해왔다. '내년엔 영화를 하겠다'며 여전히 의욕적으로 40대를 지내고 있다. 술? "요즘엔 술 마시면 그냥 평상시처럼 자연스럽고, 좋고 그래요. 사람들이 좋아서 마시는 거지, 뭐."

그 뒤로 세상을 알고 세상과 엮이면서 술의 순도, 아니 술 취함의 순도가 낮아져 갔다. '마치 신파 영화가 한 번은 꼭 눈물을 짜듯 클라이맥스에 해당하는 뭔가를 하고서야' 자리를 파했다.

장선우

1952년생, 영화감독, 〈우묵배미의 사랑〉〈경마장 가는 길〉〈꽃잎〉〈거짓말〉

"세상이 지겹게 안 변하는 데엔 이유가 있을 거다. 내가 변하자."

그 말에 꽂혀서 시작된 인연이 만 10년이 됐다. 1999년 내가 『한겨레신문』에서 영화 담당 기자를 할 때였다. 장선우 감독과 박광수 감독의 대담에서 장 감독이 그 말을 했다. '지겹게'라는 부사가 더없이 실감났다. 그때 내가 그랬다. 한국에서 1990년대 10년을 지내면서 절망 내지 냉소를 갖지 않는 사람들이 신기했다. 세상이 이토록 안 변하는데 지겹지 않으면 이상한 것 아닌가. 그런데 사람들은 세상을 지겨워하면 청산주의자로 보거나 한량 취급한다. 내게 장 감독의 말은 이렇게 들리기도 했다. 세상이 안 변하는 걸 지겹게, 지긋지긋하게 여기는 족속들에겐 그럴 만한 이유가 있을 거라고. 그렇다! 같은 족속이구나! 같은 족속의 선배구나!(그는 나보다 열 살 많다). 일종의 커밍아웃? 스스로 뱀파이어인 줄 모르던 이가 선배 뱀파이어를 만나 자신을 알게 되는 것?(그는 뱀파이어처럼 송곳니가 나왔다).

몇 달 뒤 장 감독의 영화 〈거짓말〉이 완성돼 영상물등급위원회에서 일반극장 상영 불가 판정을 받았다. 나는 〈거짓말〉에서 세상을 지겨워하는 이들의 사랑 이야기를 봤고, 그 사랑은 더없이 슬펐다. 상영 불가 이유는, 영화 속의 가학 피학적 행위였지만 지금 돌이켜보면 그건 트집이었다. 세상을 지겨워하는 '뱀파이어'들이 주인공으로 나오는 게 싫었던 거다. 〈거짓말〉이 가위질 당한 채, 이창동 감독의 〈박하사탕〉과 동시에 개봉할 때 〈박하사탕〉=좋은 나라, 〈거짓말〉=나쁜 나라'로 여기는 분위기가 있었다. 그때 장선우, 이창동의 대담을 마련했다. 역시 이창동 감독은 달랐다. 〈거짓말〉의 속 깊은 슬픔에 공감했고, 가식 없는 어법의 용기에 존경심을 표했다. 그 대담을 전후해 장 감독과의 술자리가 잦아졌고 나이와 명성의 큰 차이에도 불구하고 나는 '뱀파이어 선배'와 술 친구가 됐다. 성공적인 커밍아웃!

장 감독과 술 마시면서 가장 인상적인 건 말투였다. 말은 정확하게 하는데, 어미를 '다'로 안 끝내고 '어'로 끝낸다. 억양도 독특하다. 어린아이가 뭔가를 보채며 말하는 것 같다. 거기엔 에누리가 있다. 상대방과 얘기를 나눌 여지를 열어놓는다. 권위라고는 없다. 일부러 그런 말투를 연습했다는 얘기를 누구에겐가 들었는데 장 감독에게 확인하지는 않았다. 그리고 내가 술꾼의 제일 덕목으로 여기는 태도, 혼자 말 많이 하지 않는 것은 기본으로 갖추고 있어서 그와 마시다 보면 열 살 나이 차이를 곧잘 잊어버리게 된다.

말 많았던 〈성냥팔이 소녀의 재림〉의 개봉과 흥행 참패가 있었고, 몽고에서 크랭크인 했던 〈천개의 고원〉이 엎어지고, 2005년

장 감독이 제주도로 내려간 뒤 몇 달 지나 제주도에 갔다. 바닷가의 조그만 집이었고, 마당에 텃밭이 있었다. 장 감독은 가꿨다고 했는데, 부인 이혜영은 절로 자란 거라고 했다. 난방은 나무를 때서 했다. 검소하고 자유로워 보였다. 집에서 술 한잔하는데 옆집 아저씨가 지금 막 잡았다며 문어 한 마리를 던져주고 간다. 놀러 나가면서 장 감독이 동네 꼬마에게 "우리 소풍 간다"고 하자 꼬마가 "또 뻥치네" 한다. 마을 사람들은 아무도 긴 장화를 신지 않는데 장 감독은 자주 긴 장화를 신었다. 이혜영에게 들으니, 제주도 올 때 제일 먼저 산 게 장화였단다. '역시 여전히 폼을 챙기는구나.'

그 뒤로 1년에 서너 번씩 제주도에 갔다. 장 감독은 싸고 맛있는 집들을 잘 알고 있었다. 대평 포구에 노부부가 하는 조그만 횟집에서 돌돔 회를 콩잎에 싸 먹었을 때의 그 맛이란. 꿀꺽. 그런 자유로움에도 불구하고 난 장 감독이 시골 생활에 몸이 근질근질해서 곧 올라올 거라고 생각했는데 벌써 5년이 넘었다. 눌러앉으려는지 작년엔 제주도 대평에 '물고기'라는 카페를 차렸다. 이 카페는 명소가 돼 사람이 들끓는다.

밀란 쿤데라는, 인류의 역사는 반복하는 악취미를

부끄러움을 모르고 반복하는 역사가 지겹다는 말이었을 거다. 예술가로서 그만큼 반복을 싫어했던 이가 있을까 가진 반면 예술의 역사는 반복을 용인하지 않는다고 했다. 반복은 부끄러움을 모를 때 하는 거라고도 했다. 난 이 말을 떠올릴 때마다 장 감독이 생각난다. 10년 전에 그는 '지겹게'라는 표현을 썼다. 부끄러움을 모르고 반복하는 역사가 지겹다는 말이었을 거다. 아울러 예술가로서 그만큼 반복을 싫어했던 이가 있을까. 장 감독이 2년 전부터 쓰기 시작한 붓다의 일대기 〈타타카타 가버린 자〉 시나리오 초고를 읽었을 때, 거기엔 장 감독 영화에서 곧잘 보여졌던 애잔함이 있었다. 붓다 이야기가 애잔해도 되는 건가? 지금도 짬짬이 고친다고 들었다. 그럼 애잔하지 않으면 그게 장선우 작품일까 싶은데, 장 감독은 앞에 말한 '내가 변하자'를 밀고 가고 있는 것 같다.

몇 달 전 제주도의 물고기 카페로 놀러갔다. 영화감독 장선우가 부인과 함께 운영하는, 아니 주로 부인이 운영하는 카페이다. 단층인데도 제주 남쪽 대평 앞바다까지 전망이 훤히 트여서 형제바위, 가파도, 마라도까지 한눈에 들어온다. 여기서 술을 마시면 술맛도 좋고 잘 안 취한다. 장 감독은 카약타기에 빠져 있었다. 카약 두 대를 누가 줬단다. 이따금씩 날 좋으면 대평에서 중문 앞바다까지 카약을 타고 간다고 했다. "바다에서 보는 섬이 또 얼마나 아름다운지 알아?"

장선우가 얼마 전 책을 냈다. 표지엔 'café 물고기/ 여름 이야기'라는 제목 아래 '장선우 장편소설'이라고 조그맣게 쓰여 있다. 장 감독 부부가 제주도 내려간 지 6년. 그사이 실제 얘기들을 배경에 깔고 자기들과 흡사한 부부를 주인공으로 내세워 어디부터가 허구인지 구별하기가 쉽지 않아 보일 정도였다.

남자 쉰아홉 살, 여자 마흔두 살. 불교도인 이 부부는 아이는 생각지도 않고, 뭘 갖추고 키워가기보다 비워 나갈 요량으로 제주도로 와서 소박하게 살고 있었다. 그런데 임신을 했다. 소설은 임신 사실을 알게 되고, 낙태를 하고, 49제를 지내기까지 50여 일 동안의 기록, 아니 기록이기보다 일기 형식을 빈 남자의 내면

풍경이었다.

어떻게 해야 하나. 둘일 땐 가난하지 않았지만, 애가 생기면 얘기가 달라진다. 돈이 없다. 여자가 무사히 애를 낳을지도 걱정이다. 낳을까 말까 하루에 수차례 맘이 바뀐다. 그리고 낙태한 날 밤에 찾아온 '지푸라기 하나 잡을 수 없는' 시간들……. 안쓰럽고 슬프다. 주인공이 그 일련의 과정에서 일어나는 마음의 파고를 읽어내고 견뎌내는 모습을 보면 마음이 더 착잡해진다.

아끼는 이를 보내는 일이 어찌 쉬울까. 달리 어쩔 수 있는 것도 아닌데 후회와 탄식이 잇따르고……. 어쩌면 가장 힘든 게 어쩔 수 없는 걸 받아들이는 일 아닐까. 낙태하고 퇴원해 밥 먹으러 가면서 주인공은 부처의 말을 떠올린다.

"……세상에서 사랑스럽고 즐거운 것을 영원하다고 보았고, 행복하다고 보았고, 자기라고 보았고, 좋은 것이라고 보았다면 그들은 갈애를 키운 것이다. 갈애를 키운 사람은 집착을 키운 것이다. 집착을 키운 사람은 괴로움을 키운 것이다."

다른 책의 슬픔은 카타르시스를 주기도 하는데, 이 책의 슬픔은 힘을 빼가는 것 같았다. 고통의, 괴로움의 본질을 얘기하기 때문일까.

"……부처님은 말씀하시고 계셨다. 고통은 남이 만드는 게 아니라고, 그렇다고 스스로 자신이 만드는 것도 아니라고, 남이 만들기도 하고 자신이 스스로 만들기도 하는 것도 아니라고, 고통은 이유 없이 오는 것도 아니라고……. 고통은 성스러운 진리라고, 고통의 원인인 성스러운 진리가 있다고, 고통의 소멸에 이르는 성스러운 진리가 있다고……."

남자 주인공의 모습에서 장 감독을 떠올리지 않을 수 없었는데 그 느낌이 새삼스러웠다. 내가 아는 장 감독은 도 닦으러 갔다가 그 앞바다에서 카약을 타거나 옆 술집에서 술 마시며 노는 사람에 가까웠다. 노는 것과 슬픔의 절묘한 뒤섞임, 그게 장선우와 장선우 영화의 매력이었다. 그런데 이 책은 슬픔이 압도한다. 책 후기에 장 감독은 술까지 끊겠다고 썼다.

"강을 건너야 하는데, 강 건너 피안에 약속이 있는데……. 술맛에 취해, 주모에 취해 이 감각적 욕망을 벗어나지 못해 강가를 헤맵니다……. 이제 술을 끊어야 합니다."

장 감독이 다시 영화를 찍기를 고대한다는 말을 전부터 해왔던 영화평론가 정성일은 이 책의 발문을 쓰면서 "당신의 욕망을 포기하지 마라"는 라캉의 말로 마무리지었다. 같은 맥락일 수도 있겠다. 나는 이렇게 주문한다. "술 끊지 마세요!"

(2011년 9월 3일 자, 『한겨레신문』
'임범의 노천카페'에 썼던 글)

문소리

1974년생, 영화배우, 〈오아시스〉〈여고수의 은밀한 매력〉〈우리 생애 최고의 순간〉〈하하하〉

배우 문소리는 술을 즐긴다. 아니, 즐겼다. 주량도 어지간하며 무엇보다 술 마시는 매너가 좋다. 그와 술 마신 일이 그리 많지 않지만, 나도 술꾼으로서 다른 술꾼을 알아보는 눈썰미가 있는 편이다. 몇 번의 술자리에서 장점들이 눈에 들어왔다. 무엇보다 그는 알려질 만큼 알려진 대 스타임에도 공주병이 없었다. 술자리에서 화제가 자기에게 집중되길 바라거나, 그렇게 되지 않으면 삐치거나, 그래서 그렇게 되도록 뭔가를 도모하거나 하는 일을 보지 못했다. 다른 참가자들과 마찬가지로 평등하게 대화에 끼어들고, 그런 뒤엔 말도 재밌게 잘한다. 그와 친한 한 친구는 그의 술 매너를 두고 '우아 떨지 않고 망가지지 않아서' 좋다고 했다.

별것 아닌 것 같지만, 배우와 술 마실 때 그가 배우라는 사실을 의식하지 않고 편하게 마시기가 쉽지 않다. 그 배우가 왕자병, 공주병이 전혀 없다 해도 대화에서 다른 벽이 생기기 쉽다. 내가 배우들을 만난 게 영화 기자 할 때여서 그들이 말조심했기 때문인지 모르겠지만, 내 기억에 배우들은 상당수가 어떤 영화의 완성도나 감독의 연출, 다른 배우의 연기 등등에 대해 자기 주관을 분명히 피력하기를 피했다. 겸손하게 보이려고 그러는 것일 수 있겠지만, 서로 간에 거리감을 줄이거나 대화를 깊이 하는 데에 장애가 되는 건 사실이었다.

문소리는 달랐다. 자기 느낌을 선명하게 말했고 그 말에 조리가 있었다. 다른 영화인에 대한 뒷담화 같은 것도 당사자가 들어도 크게 기분 나빠 하지 않을 것 같은 범위 안에서 곧잘 한다. 그런 식으로 술친구들과의 거리를 좁힌다. 그에게선 배우의 언어나 배우라는 울타리 뒤로 숨으려는 모습을 찾기 힘들다. 문소리는 처음 볼 때부터 보통 배우들과 달랐다. 2003년 〈바람난 가족〉 개봉을 앞두고 인터뷰하러 만났다. 허름한 티셔츠에 추리닝바지 입고, 동네 마실 나온 듯 나타나선 "(밥) 먹이고 말 시킬 때와 안 먹이고 말 시킬 때가 다를" 거라며 식당 가서 밥 먹으며 인터뷰하자고 했다.

문소리가 대학 시절 학생회 활동을 열심히 했다는 말을 누구에게선가 들었던 것 같다. 그 말을 떠올리며 난 그가 한겨레 기자에 대해 좀 더 친숙하게 느낄 수도 있으려니 생각했는데 인터뷰를 하면서 더 친숙감을 느낀 건 나인 듯했다. 영리하고 소탈하고 ……, 대학교 동아리 후배를 만난 것 같았다고 할까. 나는 생활 반경이나 관심 분야가 비슷한 이를 만나면, 나와 같은 부류로 쉽게 단정하고 그를 잘 아는 것처럼 대하는 습관이 있는데 문소리도 비슷한 데가 있는 모양이다. 그가 결혼한 다음 해, 2007년에 인사동 포장마차에서 우연히 만났을 때, 나는 오래도록 잘 알고 지내온 이를 만난 것 같았는데 그도 비슷한 듯했다 (나만의 착각일지도 모른다).

그때 문소리는 1974년 호랑이띠 동갑 여자들과 차수를 옮겨 술 마시러 가고 있었다. 프로듀서, 영화기획자, 영화제 프로그래머 등등인데 내가 아는 이들도 있었다. 그때 합석해 밤새 마신 뒤로 또 우연히 몇 차례 더 술자리를 함께한 일이 있었다. 그러면서 알게 된 게, 배우들은 보통 배우들과 어울리는데 문소리는 배우 친구가 별로 없는 것 같았다(여배우들은 결혼도 주로 남자 배우들과 하는 데 반해 문소리는 영화감독과 결혼했다). 그는 자기 또래의 영화 스태프들과 자주 술을 마시며, 얼마 전에도 그들과 섬진강 일대를 놀러 갔다 왔다고 했다.

"박희순은 남편이랑 친해서도 함께 마시고, 강호 오빠 가끔씩 만나 마시고……, 저번에 단편 영화 하나 같이 찍은 박해일과도 가끔 보고……, 아 참, 도연이 언니 일 년에 한 번 정도는 꼭 연락 와서 마시자고 하고……."

배우 경력 10년이 넘었는데, 다른 배우와의 교류가 적다. 사람들과 어울리는 스타일도 다른 배우들과 다르다. 확실히 독특한 배우다. 수년 전부터 문소리는

허름한 티셔츠에 추리닝바지 입고, 동네 마실 나온 듯 나타나선 "(밥) 먹이고 말 시킬 때와 안 먹이고 말 시킬 때가 다를 걸요"

한국 영화의 다양성과 건강함의 정도를 나타내는 지표라는 말이
있었다. 연기 잘하고, 시나리오의 완성도를 중시하는 그가 활발
하게 영화에 출연하고 있다면 그건 바로 한국 영화가 건강하고
다양하게 만들어지고 있다는 증거일 거란 얘기다.

그런데 얼마 전부터 그는 활동이 뜸해졌고, 앞으로도 당분간
은 그럴 거라고 한다. 그럼 한국 영화가 건강하지 못해진……?
글쎄, 아이를 가지려 한다니 판단을 유보할 수밖에. 다만 한 가
지, 그의 최근작 〈하하하〉를 보면서도 느낀 생각이다. 배우 같지
않은 문소리는, 달리 말하면 가장 배우 같은 배우일 거라고.

그 뒤
......

이 글 쓴 지 1년 뒤, 문소리는 딸아이의 엄마가 됐다.

김조광수

1965년생, 영화제작자, 〈해피엔드〉 〈질투는 나의 힘〉 〈조선명탐정: 각시투구꽃의 비밀〉

주류, 또는 메이저 쪽과 이렇게 거리가 먼 이도 많지 않을 거다. 청년필름 대표 김조광수는 1997년부터 영화를 제작해왔는데, 상당수가 예술영화로 취급받거나 혹은 저예산이었다. 때깔 좋은 상업영화를 안 하려고 했던 게 아니라 하려고 했는데 잘 되지가 않았다. 그의 이미지는 충무로 주류보다 독립영화인 쪽에 가깝다. 그는 성 취향도 마이너 쪽이다. 커밍아웃한 동성애자이며, 얼마 전부터 영화 연출도 하는데 모두가 동성애를 다룬 퀴어 영화이다. 그럼 정치적 성향은? 그는 진보신당 당원이다.

김조광수는 게이답게 옷도 잘 입고, 어디 가서도 재밌게 잘 떠든다. 쾌활하고 부지런하다. 마흔 살 이전에는 별명이 마이클 제이 폭스였는데 그 뒤엔 마이클 더글러스가 됐단다. 어떨 때 보면 그 둘을 닮은 것 같기도 하다. 주량은 적지만 술자리를 마다하지 않고, 우스개 잘하고, 권위적이거나 마초적인 구석은 전혀 없다. 하지만 취향, 성향, 이념을 다 마이너 쪽에 두고 살면서 곡절이 많았을 거다.

그가 자기 성 취향이 남과 다름을 안 건 중학교 3학년쯤이었다고 한다. 친구들끼리 도색잡지 돌려 읽을 때, 잡지 안의 여자들보다 잡지를 보고 흥분하는 친구들에게 더 눈길이 갔단다. 대학(한양대 연극영화과) 때 학생운동 하다가 군대에 끌려갔고 거기서 고참 한 명과 사귀게 됐다. 하지만 그 고참은 여자 친구가 있었고, 또 스스로도 자신의 동성애를 흔쾌히 받아들이지 못했던 모양이다.

결국 헤어졌다가 둘 다 제대한 뒤에 고참이 찾아와 다시 만났고 '사랑'이라는 단어까지 나오면서 여관에 갔단다. 그때, 1980년대 중후반까지도 임검이라는 게 있었다. 경찰이 여관에 들어가 임의로 투숙객들 신분증을 검사하는 것이었다. 김조광수와 고참이 있던 방에 경찰이 들어왔고, 나가면서 "너희들 남자들끼리……, 더러운 놈들……" 등의 야유를 퍼부었다고 한다. 분위기가 싸늘해졌고, 그날 이후로 그 고참을 보지 못했단다.

김조광수도 복학해서 학생운동에 몰두하면서 동성애의 욕망을 접었고 일부러 여자 친구도 사귀었다고 한다. 당시 그는 민족해방(NL) 계열이었고, 그 관점에서 보면 동성애는 '미제국주의의 찌꺼기'일 수밖에 없었다. 그렇게 지내다가 1980년대 말 종로에서 시위를 하다 경찰에 쫓겨 파고다극장에 들어가게 됐다. 거기에 동성애자들이 모이는 걸 봤고, 그 뒤로 가끔씩 파고다극장에 갔다. 물론 좋은 영화를 상영할 때 갔다(스스로에게 들이댈 핑계가 필요했단다).

그 극장에서 대기업 다니던 또래의 남자를 만났는데, 그 남자는 나중에 돈 벌어서 스웨덴으로 가겠다고 했다. "그곳엔 동성끼리의 결혼도 가능하고, 동성애자들의 축제가 성대하게 열리고⋯⋯." 김조광수는 그때 개안을 했다고 한다. '그런 세상이 있구나! 그런 게 가능하구나!' 삶의 목표가 새로 설정됐다고 했다. '동성애자들의 권익 신장과 인권 보호를 위한 운동을 하며 살자!'

내가 김조광수를 알게 된 건, 1999년 영화 기자를 하면서였다. 그때 청년필름은 명필름과 합작으로 〈해피엔드〉를 제작했다. 이 영화는 흥행이 좋았지만 그 뒤 청년필름이 내놓은 〈와니와 준하〉, 〈질투는 나의 힘〉, 〈귀여워〉 등이 장사가 잘 안 됐다. 그와 제법 친해졌을 때 그는 내게 자기가 제작하는 영화에 출연하라고 했다. 〈후회하지 않아〉라는 초저예산 퀴어 영화였다. 내 역할은 20대 초반의 남자 주인공을 돈 주고 사서 섹스하는 중년의 게이였다. 일종의 베드신으로, 나는 팬티만 입고 떠드는 장면을 열두 번 정도 찍었다. 저 장면이 스크린에 나오면 쪽팔릴 것 같다는 생각이 촬영 후 뒤늦게 들었는데, 다행(?)스럽게도 감독이 내 출연 장면을 다 덜어냈다(주인공 남자를 애무하는 내 뒤통수만 영화에 잠깐 나온다).

그 뒤로 김조광수는 내 매니저를 하겠다고 해놓고는 내가 출연할 영화를 섭외해 오기는커녕 자기 스

그 남자는 나중에 돈 벌어서 스웨덴으로 가겠다고 했다. "그곳엔 동성끼리의 결혼도 가능하고, 동성애자들의 축제가 성대하게 열리고⋯⋯."

스로 감독이 돼 영화 찍기에 바빠졌다. 단편 세 편을 찍었고, 이제 장편 〈두 번의 결혼식과 한 번의 장례식〉을 준비 중이다. 모두 퀴어 영화인데, 그는 한 우물을 파기로 작정한 듯하다. 그게 현명해 보이는 게, 퀴어 영화는 적지만 일정한 관객층을 확보하기가 쉬울 거고, 어차피 그가 찍는 영화가 저예산이고 보면, 수지타산을 맞출 수 있는 모델이 생길 것 같아서이다. 아울러 20년 전 파고다극장에서 만난 남자를 매개로 갖게 된 새로운 목표, '동성애자들의 권익 신장과 인권 보호'를 이뤄가는 데에도 도움이 되지 않을까.

지난해 요맘때쯤 그를 만났더니 기운이 많이 빠져 있었다. 몸 상태가 전반적으로 좋지 않다고 했다. 일종의 갱년기 증상인 듯했다. 얼마 전에 보니 활기를 되찾은 듯했다. 준비 중인 장편 영화에 여성영화제가 지원금을 주기로 했다고 자랑도 했다. 얼마 전까지 그의 블로그 이름이 '피터팬의 식탁과 침대'였다. 마이너 쪽에 있을수록 더 건강해야 할 거다. 늙지 않는 피터팬처럼!

그 뒤
......

이 글 쓴 뒤에 큰 변화가 있었다. 김조광수가 대박을 터뜨렸다. 청년필름이 제작한 〈조선명탐정: 각시투구꽃의 비밀〉이 관객 480만 명을 동원했다. 아울러 하정우, 장혁, 박희순 주연의 반듯한 메이저 영화 〈의뢰인〉을 후속작으로 내놓았다. 하지만 아직 메이저라고 하기는 이르다. 청년필름은 이제 겨우 빚을 다 갚을 정도가 됐단다.

이섭

1960년생, 전시기획자

이섭을 얼마 전에 만났다. 2년여 만이었다. 혈관계 질환이 생겨 넉 달 동안 술 안 마시고 운동했단다. 그랬더니 많이 좋아져 나 만나기 일주일 전에 한잔했고, 그날도 나를 만났으니 술을 마시겠다고 했다. 위스키를 마시는데, 일본 만화에서 봤다며 넓직한 언더락 잔에 얼음 없이 위스키만 따라 마셨다. "이래야 향이 잘 올라온대요." 몇 잔 마시고 얼굴이 불콰해지더니 "그래, 이 맛이야" 하면서 위스키 한 모금을 머금고는 눈을 지그시 감았다. 사람이 저만큼 행복해하기도 쉽지 않을 거다. 그런데 그 기분을 나도 알 것 같았다.

나는 1994년 1월 1일에 술과 담배를 한꺼번에 끊었다. 건강검진에서 지방간 수치가 매우 높게 나왔기 때문이다. 금주는 한 달, 금연은 넉 달 갔다. 한 달 금주하고 재검사를 하니 정상치로 돌아왔다. 가뿐한 마음으로 점심 식사 때 맥주를 한 잔 마셨는데, 그 맛을 지금도 잊지 못한다. '맥주가 이렇게 맛있는 거였구나! 너무 자주 마셔서 이 맛이 얼마나 훌륭한 건지 몰랐구나!' 이섭이 넉 달 금주하다가 마신 위스키의 맛이 어떨지 짐작하기 어렵지 않았다. 그리고 보니 이섭과의 인연이 그때, 1994년에 금주를 마치고 다시 술을 마시면서 시작됐다.

1994년 봄부터 열 달 동안 난 미술 담당 기자를 했다. 기자 하면서 여러 부서를 돌아다녔지만 미술 기자는 힘들었다. 현대 미술이 워낙 난해한 데다 짧은 식견에 시각 언어를 활자 언어로 옮긴다는 게 참 버거운 일이었다. 기사는 대충 쓰면서 술은 어지간히 마셨는데, 그때 제일 자주 함께 마신 게 이섭이었다. 이섭은 큐레이터 하면서 미술 평론도 하고, 재능 있는 신예작가를 뽑아 후원해주는 '나무 아카데미' 등의 일을 했다. 인사동에서 낮술 마시곤 이섭 사무실 소파에서 자고, 깨서는 저녁에 또 마시고 ……. 이섭은 겉으론 멀쩡하고 순하지만, 생각과 기질에 야인 또는 기인스러운 데가 있었다.

미학에 관한 한 그는 원칙주의자여서 말을 안 꺼내면 몰라도 일단 말이 나온 뒤엔 타협이 없었다. 원칙을 따질 땐 윤리, 상식, 동정심 같은 건 끼어들 틈이 없는 듯했다. 그래서 순간순간 무정부주의자가 되기도 하고 쾌락주의자가 되기도 했다. 그때 꽤 잘나가는 선배 미술 작가가 있었는데, 이섭은 그 선배의 그림이 엉터리라고 생각했다. 우연히 술자리에서 한데 얽히게 됐고, 그 선배가 잠깐 호기를 부려 자기 자랑을 했다. 남들이 있든 없든 이섭은 꺼리지 않았다. "선배 그림 XXX야, 그따위로 그리려거든 그리지 마!"

이섭의 야인 기질은 부지불식간에 보수적인 이들의 심기를 건드릴 수도 있는 것이었던 모양이다. 1990년대 중반에 이섭은 한

스포츠 신문에 컬럼을 연재했다. 동서양의 유명한 그림에 담긴 성적 표현의 의미와 문맥, 배경 같은 걸 쉽고 재밌게 풀어 쓴 것으로, 연재 뒤 『에로스 훔쳐보기』라는 책으로 나왔다. '기독교윤리실천운동'이라는 단체가 이 책이 음란물이라며 검찰에 고소했다. 내 생각인데, 음란하기보다 불경스럽게 느껴진 게 아닐까. 가렸으면 싶은 그림들을 버젓이 싣고 얘기하는, 이런저런 눈치를 보지 않는 그 태도가 말이다. 당시엔 영화, 만화, 도서 등이 음란죄로 문제되는 일이 잦아서 사람들끼리 우스개로 "차라리 국가보안법이 낫지 음란죄는 끔찍하지 않냐"고 떠들 때였는데, 이섭은 도무지 겁먹는 것 같은 구석이 없었다. 어쨌든 검찰은 저자를 소환하는 일 없이 무혐의 처리했다.

1990년대 후반에 이섭은 공공미술 쪽으로 관심을 돌려 '아트컨설팅 서울'이라는 회사를 차렸다. 광화문 흥국생명 건물 안에 일주아트하우스를 만들었다(흥국생명 쪽이 같은 건물에 극장을 운영할 사람을 찾자, 이섭은 막 영화 담당 기자를 시작한 나를 찾아왔다. 그렇게 줄이 이어져 이광모 감독이 씨네큐브를 시작했다). 2002년 월드컵 땐 지하철 열차를 이런저런 그림이 그려진 비닐로 뒤집어씌우는 래핑 작업을 했

"그래, 이 맛이야"
하면서 위스키
한 모금을
머금고는
눈을 지그시
감았다

다(그 뒤 대구 지하철 화재로 래핑 작업이 금지됐단다. 비닐, 접착제 등이 인화성 물질이기 때문이란다).

이따금씩 만나 술 마시면서 보면, 이섭은 수염을 기르고 화려한 색상의 안경을 쓰는 등 외양도 야인스러워졌다. 2006년엔 하던 일 잠시 접고 가톨릭 대학 철학과 대학원을 갔다. 그동안 썼던 글들을 보니 창피했단다.

"미술 쪽은 무책임하니까, 순간 혹하게 하는 것들은 많은데 사기도 많고 다가가 보면 아무 영양가 없고 그러기 쉬운데 이쪽(철학)은 분명하니까 그게 좋더라고."

어쨌거나 석사 마치고 박사 하는 동안 생활비가 떨어져 얼마 전 공공미술 프로젝트를 하나 계약하고 일을 시작했다고 한다.

공부하면서도 술을 어지간히 먹었던 모양이다. 게다가 고기, 삶은 계란 등 혈관계 질환에 '유익한' 음식들을 좋아했다. 이섭은 야인답게 술로 인한 탈도 일찍 났지만 그 정도가 경미해서 조만간 술꾼으로 돌아오지 않을까 싶다. 하지만 아무리 그래도 옛날과 같을 수는 없을 거고……, 세월과 나이를 무시할 수 없을 거고……, 길게 마시기 위해 조금씩 마시는 수밖에.

그 맛을 지금도 잊지 못한다. '맥주가 이렇게 맛있는 거였구나! 너무 자주 마셔서 이 맛이 얼마나 훌륭한 건지 몰랐구나!'

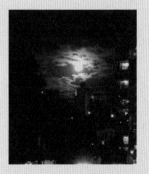

이준익

1959년생, 영화감독, 〈왕의 남자〉 〈라디오 스타〉 〈님은 먼 곳에〉 〈평양성〉

이준익 감독을 마지막으로 인터뷰한 게 2006년 영화 〈라디오 스타〉의 개봉을 앞두고였다(그때 나는 『한겨레신문』 영화 담당 기자였다). 둘이 인사동의 '이모집'에 갔다. 불고기와 전에 소주와 백세주를 반씩 섞은 '오십세주'를 시켰다. 그 무렵엔 이 감독과 워낙 자주 만나서 기자 대 취재원이라는 긴장감이 다 허물어지다시피 했다. 또 그런 인터뷰, 나도 재밌게 봤고 그도 흡족해하는 영화를 두고 하는 인터뷰에선 둘 다 마음이 쉽게 풀어지게 마련이다.

이준익은 말을 직설적으로 하고 독설도 심하다. 세상의 권위와 기득권층의 행태 같은 걸 비난할 땐 말이 하늘을 난다. 그건 전부터 알았지만, 그날도 만만치 않았다. 그의 말을 적으면서 내가 간간이 끼어들었다. "이 말은 좀 센데……." 그러면 그는 "그래? 그럼 그건 빼자"며 한 발 물러선다. 그래 놓고 이내 다음 표현이 또 세진다. 기사 쓸 때 정리할 요량으로 실컷 떠들고 술도 제법 마셨다.

나도 독자의 알 권리를 존중하는 기자였다. 그의 말맛은 충분히 살리되 문맥을 흐트러뜨릴 만큼 과한 표현만 조금 다듬었다. 그 기사에 이런 말들이 나온다.

"나는 영화의 미학적 기능을 추구하는 사람이 아니다. 영화의 사회적 기능을 추구한다……. 미학적 기능을 추구할 의지가 아예 없다."

영화감독이 미학적 기능을 추구할 의지가 아예 없단다. 이런 말도 나온다.

"지식이 감동을 주는 걸 봤는가. 감동을 주는 건 행동이다. 행동주의자가 없으면 지식인들은 밥 굶는다……. 나는 지식인이 되고자 노력해본 적이 없다. 학력도 떨어지고. 아이큐도 97이다. 예비고사는 (340점 만점에) 160점 맞았고."

인터뷰할 때 내가 되물었던 기억이 난다. "아이큐 97이라고 써도 돼?" 그의 말. "써. 써. 예비고사 점수도 써." 전작 〈왕의 남자〉로 성공한 감독이 됐으니, 후진 아이큐와 시험 성적을 공개해봤자 평가가 좋아지면 좋아졌지 나빠질 리 없다는 생각? 내가 보기엔, 그런 '잔머리'가 아니라 그에겐 '나는 이런 사람이다'라고 먼저 밝혀야만 직성이 풀리는 구석이 있는 것 같다. 남들이 자신을 '점잖은 지식인'으로 대접하는 게 마치 안 맞는 옷을 입은 것처럼 불편한 모양이다.

그가 젊을 때 고생했던 얘기는 어지간히 알려져 있을 거다. 대학 1학년 때 애를 낳아 먹고살려고 만평 작가, 극장 간판 그리는 일 등을 (한 게 아니라) 하려다가 '아무나 하는 게 아니다'라는 말만 듣고 못 하고, 빌딩 경비원 일도 힘들게 얻어 겨우 하고,

잡지사 일러스트를 하다가 영화사 광고기획 쪽에 발을 디디게 되고……. 8~9년 전 처음 만났을 때, 그는 '씨네월드'라는 회사를 차려놓고 영화 제작과 수입을 하고 있었다. 빚이 많아 그는 '재테크' 아닌 '빚테크'라는 신조어를 쓰며 '빚은 나의 힘'이라는 식으로 말하곤 했다.

특이한 건, 당시 충무로엔 끼리끼리 뭉쳐 다니는 그룹들이 있었는데 그는 섬처럼 자기 회사 사람들과만 놀았다. 기자들 대하는 태도도 남달라, 여차하면 '영화 볼 줄 모른다', '기사 못 쓴다'라며 기자를 가르치려고 했다. 성장 과정 면에서나 성격 면에서나 아웃사이더인 건데 그는 논쟁적일지는 몰라도 결코 전투적이지는 않다. 누구와 논쟁이 세게 붙으면 다른 쪽으로 얘기를 돌리거나 피해버리지, 언성 높여가며 이기려 하지 않는다. 스스로도 가끔씩 말을 장황하게 하다가 꼬이면 "몰라, 몰라" 하며 말을 포기해버린다. 아이큐가 97이라는데, 머리가 좋아서 책을 3분의 1 정도만 읽고도 필요한 말들을 뽑아서 자유자재로 인용하는 스타일이다.

4년 전 〈왕의 남자〉 시사회가 있던 날, 한 술집에서 우연히 만났더니 그는 시사회장 반응에 업돼 큰소리를 쳤다. "(관객) 300만 명이야." 크게 잡은 예상치가 300만 명이었던 게 1,000만 명이 넘은 뒤 그는 한 시상식장에서 수상소감을 이렇게 말했다.

"이렇게 많이 볼 줄 알았으면 좀 더 잘 만들 걸 그랬어요."

그렇게 기적적으로 스타가 된 뒤에도 그는 별로 안 변했다. 독설은 되레 더 심해졌고, 자기 빚은 갚았지만 옛 '씨네월드' 동료들 빚이 남아 아직도 '빚테크' 중이라고 했다.

'그럼 말고', '몰라, 몰라' 하는 말투를 보면 그가 싫증을 잘 낼 것 같지만, 젊을 때 고생을 많이 해서인지 일에 관한 한 그는 매우 집요한 모양이다. 〈왕의 남자〉 이후로 만든 영화들이 흥행이 별로 좋지 않았지만 그는 꾸준히 영화를 찍고 있다. 지금 충무로의 열악한 투자환경에서 수십억대 예산의 영화를 이렇게 계속 찍고 있는 감독도 드물다. 엊그제 〈구르믈 버서난 달처럼〉 촬영을 마쳤고, 내년 4월에 〈황산벌〉 후속편인 〈평양성〉을 크랭크인하기로 하고 투자까지 받았단다.

"강한 자가 살아남는 게 아니라, 살아남는 자가 강한 거라고 하잖아. 우리가 또 살아남는 데는 귀재거든."

몇 해 전부터 이준익의 영화가 계속 흥행이 안 좋았다. 최근작 〈평양성〉마저 흥행이 시원치 않자, 그는 "상업영화에서 은퇴하겠다"고 말했다. 그 말을 보도를 통해 접한 나는 '저 양반 어쩌려고 저러나' 걱정이 됐다. 말이 거침없는 정도를 넘어서 가끔씩 하늘로 날아가버리는 저 버릇이 기어코 사고를 치는구나 싶었다.

그 말에 대해 최근에 다시 물었다. 이준익의 답. "후회한다. 내가 경솔하고 실없는 놈이다. 어릴 때부터 그랬다." 하지만 당장 다음 영화를 준비하고 있지는 않다고 했다. "이번엔 제대로 이야기가 꽂히면 하려고. 내가 평생을 쉬어본 적이 없으니까 무조건 놀자, 그러고 있어요. 당분간은 영화를 잊고 있는데 발끈하면 다시하려고."

양혜규

1971년생, 미술작가

매스컴이 다루는 양혜규는 시크하고 당당한 전문직 여성의 전형이다. 매체에 실리는 사진의 이미지도 그렇다. 짙은 눈 화장에 흑백 모노톤의 의상, 인상이 강하다. 요즘 말로 까도녀? 기사는 마땅히 그녀의 성취, 세계 화단으로부터 인정받은 일에 방점을 찍는다. 베니스 비엔날레 한국관 대표 작가, 워커 아트 센터 초대전, 뉴욕현대미술관에서 작품 소장……. 성공한 현대 여성의 아이콘이 되지 않을 도리가 없다.

가까이서 본 양혜규는 조금 다르다. 수년 전 서울 아트선재 센터 지하 극장에서 그의 비디오 작업 〈삼부작〉을 튼 적이 있다. 국내외 몇몇 도시를 다니며 그 공간들이 주는 단상들을, 작가가 자기의 세계관으로 다시 다듬어내는 과정을 보여주고 있었다(양혜규는 1990년대 중반부터 외국에서 작업하고 있다). 정서적이기보다 논리적인 작품인데도 어딘가 짠했다. 아무리 마음을 다잡고 세계를 자기 안에서 재조립한다고 해도, 여기저기를 집도 절도 없는 스님처럼 돌아다니는 모습이 스산할 수밖에…….

상영 뒤 관객과의 대화를 위해 무대 위에 올라온 양혜규는 얘기 도중에 울음을 터뜨렸다. 속 깊은 곳에서 묵직한 게 올라온 듯했다. 숨이 가쁘고 가슴이 아파 보였다. 저런 모습 좀처럼 안 보이려고 하는 친구인데, 십여 년을 이국땅을 혼자 돌아다니며 산다는 게……

양혜규는 만날 때마다 보면 자기 덩치만 한 짐을 들고 다닌다. 누가 들어주겠다고 하면 거절한다(한번 들어봤더니 정말 무거웠다. 거절 안 하고 들어달라고 했으면……). 남이 들어주는 거 좋아하다가 그게 습관이 되면 큰일 난다는 거였다. 조그마한 체구에, 큰 짐은 어깨에 메고 작은 짐은 손에 들고 다니는 모습이 어떨 땐 막 상경한 시골 소녀 같다.

그러니까 양혜규는 매스컴에서 다뤄지는 이미지와 달리 소박하고 수수한 쪽이다. 자기 절제에 철저하지만 까칠한 것과는 거리가 있다. 독립적이지만 '당당하다'보다는 '씩씩하다'가 더 적합한 것 같다. 음식처럼 감각적인 것에 까탈부리고 우아 떠는 건 아주 싫어한다.

그럼 술은 좋아할까? 잘 마실까? 잘 못 마신다. 대학 신입생 환영회 때 주는 대로 다 마셨다가 남들 시작도 하기 전에 꼬꾸라져서 업혀왔고, 엠티 때도 사경을 헤맸으며, 그 뒤로도 1학년 때 많은 시도를 해보고는 곧 포기했다고 했다. 취하면 바로 머리가 쿵쾅 뛰고 숨 쉬기 힘들고 각종 알레르기로 코도 막히고 온몸이 가렵고……, 육체적으로 괴롭단다.

"술 잘 마시는 사람 부러워요. 우선은 술 마시고 릴랙스할 수 있다는 게 부러워요(그녀는 취하면 세상이 극과 극으로 갈리는 격한 드라마가 머릿속에서 펼쳐진단다). 그리고 또 하나는 남을 재밌게 해주는 거요. 그런 건 참 좋은 능력 같아요. 술 마시고 뚱해지고 우울해지는 사람은 술자리에 기여도가 전혀 없는 거잖아요. 술자리도 소셜 워크니까. 저는 술도 잘 못 마시지만 소셜 워커로서 드링커는 진짜 아닌 거 같아요."

베를린은(양혜규는 베를린에 산다) 술 문화도 달라 지인들끼리의 오붓한 술자리가 적고, 그나마의 술자리에서도 '소셜 워커'로 기여를 잘 못하고, 취중에 귀소본능이 심해지고…… 등등의 이유로 그녀는 술을 거의 안 마신다고 했다. 그나마 술을 마시는 게, 술자리에 어울리는 게 서울에 올 때란다.

"소셜 가면 좋은 게 내가 술 못 마셔도, 내가 분위기를 띄우는 퍼포밍을 안 해도, 나를 책망하거나 애 취급 하지 않아서 편해요……. 서울에선 엄청 소셜한 (사교적인) 거예요."

내가 양혜규를 처음 만난 게 2002~2003년 무렵 단골 카페인 인사동 '소설'에서였다. 양혜규는 건축가 조건영과 같이 와 있었다(양혜규는 조건영과 매우 친하다. 지금 양혜규의 서울 거주지도 조건영이 지은 곳이다). 그때 양혜규는 렌즈가 큰 잠자리 안경을 쓰

무대 위에
올라온 양혜규는
얘기 도중에
울음을 터뜨렸다.
속 깊은 곳에서
묵직한 게
올라온 듯했다

고 있었다. 나는 술도 좀 취했겠다, 조건영 선배도 잘 알겠다, 그 자리로 가서 너스레를 떨었다. "와! 이 언니 되게 멋있다. 누구예요?" 조건영 선배가 소개를 시켜줬고, 곧 이어 양혜규의 전시 도록이 건네져 왔다. 작품 사진은 눈에 안 들어왔다. 대신 맨 뒤 작가 약력이 눈에 띄었다. "1971년생 돼지 띠시네요."

그러고 있는데, 조금 있으면 그 자리에 양혜규 어머니가 오신다고 했다. 말도 몇 마디 못 나눈 채 그 말 듣고 바로 자리를 피했지만, 그 뒤로 조건영 선배를 볼 때 양혜규도 같이 보게 되는 일이 잦았고 어느 틈엔가 친구가 됐다. 난해한 현대미술을 하는 작가들을 만나면 무슨 말을 해야 하나 싶어 주눅이 들곤 하는 나로서 그 경험이 신기하기도 했다. 작가와 작품 얘기 하나도 안 하고도 친구가 될 수 있구나!

양혜규가 매일같이 술을 입에 대고 산 때도 있다고 했다. 2007~2008년, 그녀가 죽기 살기로 작업을 할 때였다. 모든 걸 희생해가면서 작품에 몰두했고, '스스로를 방심하게 하는 것들은 다 멀리하던' 그때에, 노가다처럼 하루를 보내고 나선 한 잔씩 했다. 그러다 보니 기분 좋아서 시작한 한 잔은 조울증 증상으로 이어지고, 취한 상태가 될 때면 다음 날 보면 무슨 얘기인지도 모를 생각을 항상 메모하곤 했다고 한다.

그 메모를 바탕으로 작품이 태어났다. 2007년작 〈취중연설〉이다. 취중에 쓴 글들을 누군가가 읽어서 녹음했다. 관람객은 헤드

폰을 끼고 그걸 듣는다. 전시장 바닥에 깔린 침낭에 누워, 흔히 보는 예능 프로나 드라마가 나오는 케이블 텔레비전을 보면서. 억압이 풀어져 격앙된 감정 상태에서 쓴 녹음 내용과, 여전히 평범하고 일상적인 텔레비전 화면, 그리고 타지(他地)나 타인을 은유하는 침낭, 그 부조화 혹은 조화?

지쳐야

비로소 쉬는,

지칠 줄 모르는

전사!

양혜규 자신의 말을 빌려 거칠게나마 그 작품을 풀어보면 이렇다. 신자유주의는 효율적 생산에 모든 걸 쏟아붓는다. 기술력, 자본, 시간 등 모든 걸 집중한다. 아울러 구성원 한 명 한 명으로 하여금 똑같은 방식으로 생산에 매진하도록 만든다. 작가인 나는 과연 다른 게 있나? 똑같이 다른 것들을 희생하고 집중해 작품을 생산하지 않나? 나도 신자유주의적인 것 아닌가? 그렇다면 희생과 집중, 억압 같은 걸 방기했을 때, 그런 것들을 게을리 했을 때도 뭔가 의미 있는 것을 만들어낼 수 있나?

양혜규는 이런 맥락에서 〈취중연설〉이 '이상한 방법으로' 반성적인 작업이라고 했다. 반성을 해도 뭔가를 혹은 누구를 비판하면서 반성하는 건 자기 스타일이 아닌 것 같단다. 어쨌든 술이 이렇게 아트에 동원되는, 혹은 아트와 어울리는 것도 참 '이상한 방법'일 거다.

양혜규의 얘기 중에 양혜규를 잘 설명한다고 생각되는 게 있다. 자기에게 "휴식은 소진과 동의어"란다. 누가 자기더러 쉬라고 하는 말이 듣기 싫단다. 자기는 쉬려고 해서 쉬게 되지 않는 것 같다고 했다. "일에 몰두해 소진하고 나면 그때 오는 카타르시스가 있지 않나요?" 지쳐야 비로소 쉬는, 지칠 줄 모르는 전사(戰士)! 지금도 큰 가방 메고, 누가 들어준대도 싫다고 하면서 세계 이곳저곳을 다니고 있을 거다.

양혜규는 매스컴에서 다뤄지는 이미지와 달리 소박하고 수수한 쪽이다. 자기 절제에 철저하지만 까칠한 것과는 거리가 있다. 독립적이지만 '당당하다'보다는 '씩씩하다'가 더 적합한 것 같다.

81학번 내 친구들

박덕건
신현준
허문영
공지영
최형두
정관용
김성수

박덕건

1962년생, 『이머징 인베스터』 편집장

'386 세대'라는 말이 처음 나온 1990년대 초엔 이 말이 그렇게 싫었다. 1960년대에 태어나 1980년대에 대학 가서 1990년대 당시에 30대이던 세대를 가리킨답시고 컴퓨터 사양을 가리키는 '386'을 갖다 붙인 것이었다. 그 조잡한 조어법도 마음에 안 들었지만 그보다 '386세대'라는 말은, 은연중에 그들이 1980년대 민주화 운동과 6·29를 이끌어냈다는 자부심을 담고 있었다. 이게 싫었다. 그 세대 안에 별의별 인간이 다 있을 텐데, 또 그때 열심히 운동한 이들은 얼마 되지도 않을 텐데, 두루뭉수리하게 섞어버림으로 해서 현재의 쟁점과 전선을 흐리게 하는 그 교활한 효과, 혹은 의도가 역겨웠다.

언제부턴가 그런 생각도 사라져서 나도 '386세대'라는 말을 쓴다. 1962년생, 81학번인 나는 내 의지와 상관없이 그 세대에 속한다. 그럼에도 난 그 세대가 싫다. 어릴 때 운동 조금 했다고, 혹은 하지도 않아놓고, 겸손할 줄 모르고 아무 데나 나서고, 선배 세대의 나쁜 버릇은 그대로 배워서 공사 구별 안 하고 패거리 지어다니고……. 무엇보다 선배 세대들은 후배에게 부끄러워할 줄 알았는데, 이 세대는 그보다 나은 것도 없으면서 밑의 세대에게 큰소리치며 군림한다. 아마 죽을 때까지 그럴 거다. 한국 현대사에서 소위 말하는 이 '386세대' 다음 세대가 가장 불쌍한 세대일 거다.

이번 '술꾼'은 내가 아는 내 또래 중에서 가장 '386세대'스럽지 않은 이다. 박덕건, 나랑 대학 동기다. 『이머징 인베스터』라는 경제 격월간지 편집장이다. 'ㅡ'와 'ㅓ'를 구별 못하는 부산 출신이, 'ㅓ'가 두 개나 들어가는 이름을 가졌으니 그에게 날아오는 편지의 수신인 이름은 네 가지다. 박덕건, 박덕근, 박득건, 박득근. 이 친구가 초등학교에서 훈민정음을 배울 때 같은 반 친구에게 그랬단다. "훈민정음이 참 훌륭한데 하나가 문제다. (ㅡ와 'ㅓ'를 두고) 같은 게 두 개 있다." 어릴 때부터 한글을 걱정한 만큼 대학에서도 '문학연구회'라는 서클에 있었다. 물론 문학 연구보다 데모를 했지만, 그래도 그는 글을 잘 썼다. 운동권이 주도하는 축제의 제문을 죄다 썼다. 4학년 때 서울대 총학생회가 부활할 때, 학생회장 후보로 나선 두 경쟁자의 연설문을 모두 그가 써줬다.

하지만 무슨 일에 앞장서는 건 그의 체질과 거리가 멀다. 배후에서 활약하는 음모가 스타일도 아니다. 학생운동을 했고, 졸업하고 군대 갈 때까지 공장에 위장취업도 했음에도 그는 느긋함과 한량스러움이 몸에 배어 있었다. 5공 때인 1984년 가을, 대학 4학년일 때다. 이런저런 걱정이 많을 시기인데, 그는 졸업 전까지 할 일 세 개를 정했다. 당구, 바둑, 기타. 학생회 사무실에서 바둑 두고 기타 치고……. 운동권 후배들의 눈초리가 곱지 않았는데,

마지막 가는

이 가을을

저질러버리자

그는 태연하게 벽에 낙서를 했다. '마지막 가는 이 가을을 저질러버리자!' 그 무렵 서울대 프락치 사건으로 경찰이 학생회관을 수색했다. 그 장면이 텔레비전 뉴스에 나오면서 그가 쓴 '……저질러버리자!'라는 글씨를 길게 비추었다. 내 눈에도 과격하게 보였다. 그 '저질러버리자'는 게 당구, 바둑, 기타였음을 알 길이 없었던 시청자들에겐 더했을 거다.

그는 제대하고 『월간중앙』에 들어갔다. 중앙일보사의 몇몇 부서를 돌다가 그만두고 2002년 창간한 남성 잡지 『맥심』의 편집장을 지냈다. 주량이 많진 않지만, 그는 술자리에서 좀처럼 먼저 일어서지 않는다. 대학 때 친하던 6~7명이 1990년대 초에 꽤 자주 모여 술을 마셨다. 2차, 3차 가선 '집에 가자'는 이들과 '더 마시자'는 이들로 갈렸다. 그는 '이즈 맨 이즈, 고 맨 고(있을 사람 있고 갈 사람 가자)'를 외쳤다. 그와 나는 항상 '이즈 맨'이었다. 그때 '고 맨'들은 이후로 잘나갔다. 텔레비전 시사토론 진행자, 대학 교수, 인터넷 언론사 부사장. 반면 '이즈 맨'이던 그는 사람들이 잘 모르는 격월간지 편집장, 또 한 친구는 사실상 망한 지 오래인 애니메이션 회사 사장, 나는 반백수……

어쨌거나 그는 지금도 그대로다. 책 읽기를 좋아하

되, 이재나 명성에 대한 욕심이 보이지 않는다. 여전히 조금 꺼벙해 보이고, 그럼에도 표 나지 않게 원칙을 지킨다. 언론사에서 정리해고 바람이 불자, 그에겐 나가라고 하지 않는데도 먼저 그만뒀고, 잡지 편집장 하면서 매출이 부진할 때 후배들 월급 먼저 주고 자기 건 맨 나중에 챙겼다. 언젠가 한 2~3년 전에 이런 말을 했다. 세계적인 불황으로 오늘 1만 원이 내일 얼마가 될지 모르는 상황에서도, 각종 매체에서 대학 진학 가이드를 실을 때였다. "나는 내 아이들의 시대가 어떤 시대일지 정말 모르겠어." 그래서 자식들에게 무슨 말을 해줘야 할지 모르겠다고 했다. 이런 게 정직한 것 아닌가. 그런 태도로 책 읽으며 세상을 탐구하는 게 성실한 것 아닌가. 그가 '386세대'스럽지 않은 이유다.

나는 내 아이들의 시대가 어떤 시대일지 정말 모르겠어."
그래서 자식들에게 무슨 말을 해줘야 할지 모르겠다고 했다.
이런 게 정직한 것 아닌가

신현준

1962년생, 성공회대 교수, 음악평론가

시시한 꿈들. 하지만 잊을 만하면 또 꾸는 꿈들. 내일모레 시험인데 공부 하나도 안 했고, 졸업이 코앞인데 졸업도 못 할 것 같고……. 학교 졸업한 게 언제인데, 25년이 넘었는데 이런 꿈을 꾸고 앉았나, 젠장! 최근에 또 이런 꿈 몇 번 꿨다. 거기에 이 친구가 나왔다. 꿈 때마다 나왔다. 꿈에서 이 친구는 공부를 잘했다. 아주 잘했고, 매사에 자신만만해 보였다. 부러웠다.

신현준! 네이버에 인물검색 하면 영화배우 신현준이 크게 뜨고, 그 밑에 차례로 축구선수 신현준, 농구선수 신현준, 성공회대 교수 신현준이 나온다. 이번에 쓸 게 성공회대 교수 신현준이다. 경제학 전공인데, 대중음악 평론가로 더 많이 알려졌다. 『한국 팝의 고고학 1970』, 『레논 평전』, 『빽판 키드의 추억』 같은 책의 저자다. 나랑 초등학교, 대학교 동기동창인데, 실제로도 나보다 공부 잘했다. 초등학교 1학년 때부터 줄곧 전교 1등, 어쩌다 2등 했다. 우리 학교뿐 아니라 옆에 학교에까지도 공부 잘하는 아이로 유명했다. 그때 어머니가 학교에 다녀와선 이랬다. "현준이가 그렇게 책을 많이 읽는단다. 그러니 당연히 공부도 잘하지. 너도 책 좀 읽어라."

그랬구나! 돌이켜보니 신현준이 내 콤플렉스의 대

상이 될 이유가 충분하네. 하지만 무의식은 꿈속에서라도 중요한 인물은 알아보지 못하게 위장시킨다고 하지 않았나. 그렇다면 내 꿈에서 신현준이 공부 잘하는, 내 기를 팍팍 죽이는 사람으로 나오면 안 되는 거 아냐. 성적 모자라 졸업 못 하고 1년 꿇게 생긴 나에게 '안녕' 하고 웃으며 졸업장과 상장 들고 교문을 나서는 신현준을 보고 잠에서 깬 뒤, 곰곰이 생각했다. 왜 남의 꿈에, 그 뻔한 스토리에, 자꾸만 실명으로 등장하는 거야? 더 이상 이런 시시한 꿈 안 꾸려면……, 그래! '내가 만난 술꾼'에 신현준을 쓰자. 콤플렉스를 치유하는 방법의 하나가 글쓰기라고 하지 않았나.

사실 결과를 놓고 보면 내가 신현준을 그렇게 부러워해야 할 이유가 없다. 크게 출세한 것도 아니고, 돈을 잘 버는 것도 아니고……. 강단에도 뒤늦게 들어가 얼마 전 겨우 전임 트랙에 올랐고, 우리 나이로 올해 쉰 살인데 아직 정교수도 아니라는데……. 하지만 신현준이 비범한 건 사실이다. 천재? 최소한 수재는 된다. 고시공부 했으면 바로 붙었을 텐데, 그는 한국 대중음악사 연구 등 엉뚱한 공부를 많이 했다. 혈기왕성하던 20대 후반엔 러시아 사회주의를 연구한다면서 러시아어까지 배웠다. 돈 안 되는 공부를 열심히 하는데, 그게 그렇게 부러워할 일은 아니지 않나.

초등학교 4학년 때였을 거다. 친구들 여럿이서 야구를 하다가 신현준이 다른 친구 한 명과 싸움이 붙었다. 신현준보다 훨씬 덩치가 큰 친구였고, 신현준이 많이 맞았다. 그런데 헤어져서 가던 신현준이 가다 말고 돌아서서 그 친구를 향해 "야, 이 돼지 XX야, 미련한 놈아, 어쩌구……" 하면서 한껏 약을 올렸다. 덩치 큰 친구는 그만 자리에 주저앉아 울음을 터뜨리고 말았다. 그때는 신현준도 약이 올라 그랬겠지만, 그에겐 남다른 버릇이 있다. 맘에 안 드는 게 있으면 무조건 반사처럼 이죽거린다. 별다른 악의가 없을 때도 말이다. 그래서 군대 가서 많이 맞았단다.

술? 신현준과 같은 대학에 들어와서 꽤 자주 어울렸는데, 그는 술을 못 마시지도, 그렇다고 썩 잘 마시지도 않았다. 그는 술자리에서 술에 집중하기보다 기타 붙잡고 노래 부르는 등 딴짓을 잘했다. 재능 있는 이들의 산만함이랄까. 그 역시 전두환 정권에 분노하고 시위대에 동참했지만 운동권 지하 동아리에는 가입하지 않았다. 대신 '메아리'라는 노래패에 들어갔다. 기타 잘 치고, 팝송을 광적으로 좋아했던 그는 메아리 활동을 열심히 했고 3학년 때 회장이 됐다. 그해에 학교 당국은 공연을 문제 삼아 그에게 정학처분을 내렸고, 그는 군대, 그것도 최전방으로 끌려갔다.

신현준은 군에서 고생을 많이 했다. 앞에 말한 그 이죽거림 때문에 오해를 받아 맞기도 많이 맞았겠지만, 그보다 보안사(지금의 기무사)가 학생 운동권 출

감옥에 갔다 온 뒤 신현준은 또 조금 달라졌다. 『레논 평전』을 쓰더니 대중음악 연구에 몰두하기 시작했다

신 입대자에게 운동권 정보 수집을 해오도록 강요하는 이른바 '녹화사업'을 하면서 신현준도 대상자로 뽑혔던 것이다. 몸 고생, 맘 고생이 다 심했을 터. 그가 막 병장을 달았을 때 면회를 간 적이 있다. 강원도 산골로 버스 타고, 시골 주민의 오토바이 뒤에 얻어 타고 부대에 도착하니 해가 저물었다. 신현준과 민박집에서 김치찌개에 소주 마실 때, 그는 달걀만 한 나방을 아무렇지도 않다는 듯 손으로 잡아 방 밖으로 던졌다. 팔뚝엔 근육이 불끈거렸다.

군에서 그는 180도 바뀌었다. '나약한 인테리' 정도였던 신현준이, 제대한 뒤에는 '투사'가 돼 있었다. 대학원에 가서 그는 '서울 사회과학연구소'라는 진보적인 학술단체에서 주도적인 역할을 했다. 그게 문제가 됐다. 1991년 2월, 그가 결혼할 때 내가 사회를 봤는데, 넉 달 뒤 6월에 국가보안법 위반 혐의로 구속돼 검찰청에 불려왔다. 당시 나는 검찰 출입 기자였다. 담당 공안부 검사의 방에서 수갑 찬 신현준과 면회를 하기도 했다. 그는 6개월을 갇혀 있다가 눈 올 때 풀려났다.

감옥에 갔다 온 뒤 신현준은 또 조금 달라졌다. 『레논 평전』을 쓰더니 대중음악 연구에 몰두하기 시작했다. 학원 강사를 하며 대중음악 연구서를 내고, 콘서트를 기획하기도 했다. 그가 쓴 글들은 무슨 주의나 주장 따위가 없이 사람들이 잘 모르고 있던 사실들로 가득했다. 신뢰가 가는 글이다. 그런데 그즈음부터 그와의 만남이 뜸해졌다. 그가 술을 잘 안 마셔서일까. 30대 중반에 그는 술 마신 다음 날 피를 토한 적이 있었고, 그 뒤부터 몸이 술을 거부하는 것 같아 잘 안 마신다고 했다.

10년 전쯤 오랜만에 우연히 신현준을 만난 적이 있다. 신현준이 한겨레신문 사옥 안『한겨레 21』사무실에 왔다. 그는 한 운동권 노래패 구성원들과 마주 보고 앉아 있었는데 분위기가 좋지 않았다. 그가『한겨레 21』에 그 노래패에 대해 안 좋게 썼던 모양이었다. 『한겨레 21』기자가 화해를 도모하려고 안간힘을 쓰고 있었다. 신현준의 표정은 이렇게 말하는 듯했다. '내가 잘못 쓴 게 아니지만, 당신들이 기분 나쁘다면 유감의 뜻 정도는 표할 수 있다. 하지만 내 글이 잘못된 건 아니다.' 그러니 분위기가 좋아질 것 같은 순간마다 신현준의 이죽거림이 불거져 나와 브레이크를 걸었다. 그의 성격을 아는 나는, 옆에서 보면서 웃음을 참느라 혼났다. '역시 사람은 참 안 변하는구나!'

얼마 전에 이 글 쓰기 위해 취재도 할 요량으로 신현준과 정말 오랜만에 한잔했는데, 그는 꿈에서 본 대로 공부 잘하고 있었다. 1년에 논문 세 편씩 쓴단다. 힘들단다. 그걸 내가 부러워해서 뭐하겠나. 이젠 다시 꿈에 안 나오겠지! 그런데 연구 삼아 젊은 음악인들(대체로 여자들)을 인터뷰하고 다닌단다. 그날도 술 마시기 전에 '야광 토끼'라는 젊은 밴드의 공연을 신현준과 함께 봤다. 공연 뒤 신현준은 여자 보컬리스트와 반갑게 인사를 나눴다. 부러웠다. 이런! 신현준이 다시 꿈에 나오는 거 아냐?

허문영

1962년생, 영화평론가, 씨네마테크부산 원장

아직 결혼 못(안) 한 내가 남의 결혼식 사회를 본 일이 두 번 있다. 그중 하나가 허문영의 결혼식이었는데, 하객들을 웃겨줄 요량으로 허문영의 과거 일화 하나를 들려주려고 멘트까지 준비했었다. 하지만 막상 결혼식장에선 차마 그 일화를 말하지 못했다. 너무 하드코어였다고 할까.

영화에 관심이 있는 이라면 모르기 힘든 영화평론가 허문영에 관한 이야기다. 그와 나는 대학 동기인데 나는 대학 때도, 그가 결혼한 뒤에도, 지금도 허문영에게서 자취생의 냄새를 맡는다. 실제로 무슨 냄새가 나는 건 물론 아니다. 예나 지금이나 다림질이 필요 없는 면 남방셔츠에 면바지를 입고 다녀서일까. 검소함이나 궁상맞음 같은 느낌도 조금 보태져서 여하튼 허문영은 손주를 보고 할아버지가 돼도 자취생 같은 인상을 풍길 것 같다. 아무래도 앞에 말하려던 일화와 관련이 큰 듯하다.

대학 때 허문영이 한 말이다. "팬티를 빨아 입는 게 참 귀찮은 일이잖아. 그럴 때 여자 팬티를 사는 거야. 그걸 일주일은 그냥 입고, 일주일은 돌려 입고, 여자 팬티는 앞뒤가 없잖아. 또 일주일은 뒤집어서 돌려 입고, 그냥 뒤집는 게 아니라 뒤집어서 돌리는 게 중요

하다. 그리고 또 일주일은 돌려 입고. 그 뒤엔 그냥 버리는 거지."
허문영은 "내가 그런다는 게 아니라"라는 말을 빼놓지 않았지만
아무도 믿지 않았다. 친구들 사이에서 허문영은 여자 팬티 돌려
입는 남자가 됐다(그의 결혼식 때 내가 준비했던 멘트는 '이제 더
이상 신랑은 팬티 돌려 입지 않겠죠?'였다).

허문영도 운동권 동아리에 있었는데, 그 동아리에 속해 있던
시골 출신 학생들에게 그의 자취방은 주인 없이도 수시로 들락거
릴 수 있는 아지트였다. 아무리 사람 좋던 허문영도 밤에 집에 갔
는데 개판으로 어지럽혀져 있으면 짜증이 나지 않겠는가.

"그럴 땐 이불을 한쪽 벽으로 똘똘 말아. 그런 다음에 반대편
으로 가서 똘똘 만 이불을 반대쪽 벽까지 밀어붙이는 거야. 그러
면 방이 좀 견딜 만해진다."

허문영은 부산 ㄷ고등학교 출신인데, 내가 아는 이 학교 출신들
은 하나같이 어딘가 나사가 빠져 있었다(앞에 쓴 박덕건도 이 학
교 출신이다). 허문영이 군대를 카투사로 가려고 시험을 보기로
했다. 시험장에 주민등록증을 지참하고 가야 하는데 주민등록증
이 없었다. 한참 전에 인천에서 술 마시다가 술값이 없어서 그걸
잡혔던 것이다. 부랴부랴 찾아가 보니 술집이 문 닫고 사라졌다.
어쨌건 그는 카투사를 갔고, 제대 뒤 『월간중앙』에 들어갔다.

그 무렵 허문영은 잠시 동안 훗날 소설가가 된 한 여자와 노
래 가사처럼 '사랑보다 먼, 우정보다는 가까운' 사이로 지냈던 모

양이다. 이 여자가 쓴 소설 중에 허문영과 똑같은 인물이 하나 등장했다고 한다. 그 소설이 나왔을 땐 아마도 둘이 '우정보다 먼' 사이가 아니었을까 싶은데, 갑자기 남의 소설 안에 들어앉은 자신을 보는 게 기분 좋은 일만은 아닐 거다. 그런데 거기 더해 허문영을 닮은 이 작중 인물을 두고 저명한 한 문학평론가가 "이렇게 멍청한 캐릭터가 어떻게 있을 수 있냐"며 비판까지 했단다. 난 그 말을 듣고 한참 웃으며 이렇게 생각했다. '리얼리즘 작가구나. 허문영을 무척 잘 묘사했구나.'

허문영은 언제부턴가 영화 공부를 했다. 그 언론사에 그런 팀이 있었다. 씨네마테크 필름포럼을 운영하는 임재철, 『중앙일보』 영화 기자를 했던 이영기, 영화와 미술에 관해 글을 쓰는 한창호 등이 허문영과 함께 영화 공부를 했던 이들이다. 『씨네21』이 창간되고 몇 년 지나 허문영은 이 잡지 취재팀장으로 왔다. 그의 이직은 내 인생에도 영향을 끼쳤다. 나도 몇 년 뒤 『한겨레신문』의 영화 담당 기자가 됐고, 2002년 허문영이 『씨네21』 편집장이 됐을 때 『씨네21』 취재팀장으로 1년 동안 파견을 갔다.

사람이 참 잘 안 변하지만 가끔씩 조금은 변하는

허문영을 닮은 이 작중 인물을 두고 저명한 한 문학평론가가 "이렇게 멍청한 캐릭터가 어떻게 있을 수 있냐"며 비판까지 했단다

모양이다. 『씨네21』 가서 보니 남에게 싫은 소리 못 하던 그가 눈에 핏대를 세워가며 후배들에게 고함치고 닦달했다. 우유부단하던 모습은 사라지고 과단성이 생겼다(그가 고함을 지를수록 잡지가 좋아진 건 사실이다). 전에는 둘이 있을 때 여자 만난 얘기(별 특별한 건 없었지만)까지 포함해 개인적인 일들을 다 말하더니 언제부턴가 과묵해졌다. 이 글에서 허문영스러운 일화를 더이상 들려주지 못하는 건 그 때문이다.

돌이켜보면 표가 잘 안 나서 그렇지 전부터 그에겐 지사에 가까운 진지함이 있었다. 사소한 느낌도 그냥 흘려보내지 않고 명징하게 분석해내는 그의 글이, 그의 진지함을 증명하지 않는가. 『씨네21』을 그만두고 몇 년 전부터 허문영은 눈에 힘이 풀리고, 바보처럼 '헤' 웃는 표정이 돌아왔지만 여전히 말수는 적어진 그대로다. 또 요즘엔 자주 보지 않아서 그가 무슨 생각을 하는지 잘 모른다. 그러면 어떤가. 시인 김정환이 했던 말이 떠오른다.

"글 잘 쓰는 놈은 뭐든 용서가 돼."

돌이켜보면 표가 잘 안 나서 그렇지 전부터 그에겐 지사에 가까운
진지함이 있었다. 사소한 느낌도 그냥 흘려보내지 않고 명징하게
분석해내는 그의 글이, 그의 진지함을 증명하지 않는가.

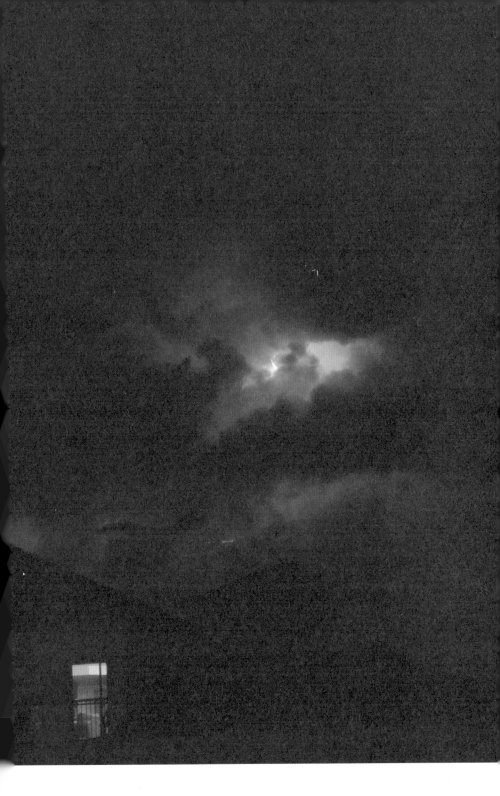

공지영

1963년생, 소설가, 『무소의 뿔처럼 혼자서 가라』 『고등어』 『도가니』

정말 술꾼은 따로 있었다. 공지영은 혼자서도 매일같이 술을 마시는데, 혼자 마실 때 평균 주량이 소주 1.5병이라고 했다. 하루에 소주 1.5병씩 쉬지 않고 마신다고 치면 그가 그동안 마신 알코올의 양이 내가 마신 것보다 많을 거다. 나는 하루 많이 마시면 다음 날 안 마시고…… 가급적 안 마시니까…… 아무래도 그가 더…… 아니, 나랑 비교해서 뭐하겠나. 술 마시는 빈도로 쳐도, 절대 주량으로 쳐도, 그 정도면 확실한 술꾼 아닌가.

드문드문하긴 했어도 내가 공지영을 보아온 게 20년이 넘었다. 술자리에선 술을 곧잘 마셨지만 조금 취하면 집에 갔다. 취기를 확대재생산해가며 놀려고 하는, 술꾼들의 공통적인 모습이 그에겐 없었다. 취해서도 대화에 열중하는 모습 등등이 뭐랄까, 술꾼이라고 하기엔 좀 단정했다고 할까. 폭탄주도 안 마셨고……. 그런 그가 그렇게 술을 많이, 자주 마셔왔다니! 얼마 전에 만나 이 글 쓰려고 묻고서야 알게 된 것이다.

공지영의 어머니는 술을 못 드셨지만 아버지가 주당이셨다(그 피를 이어받았는지 지금까지 숙취를 모른단다). 그도 고등학교 때까진 아버지가 술을 줘도 안 마셨다. 맛이 없었단다. 대학 1학년 때 한 남학생으로부터 축제 쌍쌍파티에 가자고 '데이트' 신청을 받고 약속 장소에 나갔지만, 몇 시간을 기다려도 남학생이 오지 않았다. 분홍색 원피스를 입고 있어서 사람들은 지나가면서 계속 쳐다보더란다. 처음 바람을 맞고는 아는 선배를 불러내 포장마차에서 소주를 마셨다. 맛있었단다. '술맛이 이런 거구나!' 그래도 처음이라 소주 반병 정도 선에서 그쳤단다.

이제 술맛을 알았겠다, 또 시국이 시국이라 친구, 선후배들이 데모하다가 경찰에 잡혀가고 도망 다니는 모습을 보니 속도 타겠다(공지영도 81학번이다), 한 잔 두 잔 하다 보니 술이 늘었지만, 공지영의 본격적인 '주(酒)생활'은 스물아홉 살부터였다. 처음 이혼하고 밤에 잠이 안 와서 한두 잔 마시던 소주가 금세 늘어서 한 병에서 한 병 반 정도를 마시고 잤고, 그 습관이 죽 이어져오고 있단다. 지금도 저녁 먹고 나서 그 반찬들 안주 삼아 텔레비전 보면서 혼자 술 마실 때가 기분이 제일 좋단다. 단, 형편이 좀 좋아져서 얼마 전부턴 소주 대신 와인을 마신다고 했다.

공지영에겐 다른 술꾼들과 확연히 다른 점이 있었다. "술? 좋아하지! 술자리를 싫어해서 그렇지……" 술은 좋은데 술자리가 싫다? 보통은 사람들과 어울리는 게 좋아서 술 마시는 경우가 많지 않나? 공지영 역시 술자리에서 사람들과 웃고 떠드는 걸 좋아하는데. 난 공지영처럼 남이 재밌는 얘기를 할 때 잘 웃는 사람도 보지 못했다. 남들은 잠시 웃다 말 때도 그는 배가 아파하며 웃는다. 그래서 말하는 이도 흥이 나고 술자리의 분위기도 산다. 그런 그가 술자리를 싫어하다니……

생각해보니 짐작이 갔다. 왜 그런 남자들 있지 않나. '예쁘고 똑똑한' 여자 앞에서 평소엔 멀쩡한데 술 좀 취하면 두서도 없이 시비 거는 이들. 실제로 공지영과 함께한 술자리에서 그런 경우를 보기도 했고……. 요즘 남자들은 안 그러겠지만(안 그러길 바랍니다), 우리 땐 그런 남자들 많았다. 또 어찌 보면 공지영은 남에게 흐트러진 모습을 보이기 싫어하는 습관이 일찍부터 몸에 밴 것 같기도 하다. '공주 같다'고 할 수도 있는 건데, 그렇게 절제하기가 어디 또 쉬운가.

내 신문사 여자 후배 한 명은(그도 나름 '예쁘고 똑똑'한데) 술 먹은 다음 날마다 자기를 향해 투덜대면서도 또 술자리에서 여차하면 "마셔! 마셔!" 하다가 바닥을 드러내고 만다. 어쨌거나 술자리를 싫어하는 애주가 공지영은 혼자 술 마시고 고독과 벗하면서 그 많은 베스트셀러를 써내지 않았나. 술 못지않게 술자리를 좋아하는, 혼자선 좀처럼 술 안 마시는 나는 ……, 나랑 비교해서 뭐하겠나.

공지영을 처음 본 건 1990년, 혹은 1991년 무렵이었다. 81학번 다른 친구가 공지영과 친해서 함께 술자

공지영에겐 다른 술꾼들과 확연히 다른 점이 있었다. "술? 좋아하지! 술자리를 싫어해서 그렇지……."

리를 가졌고, 일행이 다 함께(남자 셋, 여자 둘 있었다) 다음 날 속초로 놀러 가기로 했다. 다음 날, 남자 셋은 다 모였는데, 공지영 포함해 여자 둘이 안 나왔다. 전날 과음 때문에 못 가겠다고 했다. 그래서 남자 셋이, 남자끼리 이게 뭐냐고 투덜대면서, 속초를 갔다. 그때 생각했다. '(공지영은) 범생이구나. 며칠씩 술 먹고 노는 거 안 좋아하는구나.' 그런데 그때 이미 혼자 매일같이 소주 1.5병을 마시고 있었다니!

그 뒤로 드문드문 공지영을 봤고, 두 번의 결혼식에 갔고, 공지영은 결혼을 한 번도 안 한 나에게 미안해(하는 척)했고……. 세 번째 이혼하면서 많이 힘들었던 것 같은데, 그런 얘길 할 만큼 친한 사이는 아니었고, 오랜만에 만났을 땐 예전처럼 곧잘 웃고 ……. 지난해 내가 책(『술꾼의 품격』)을 냈을 땐 칭찬 일색의 추천사도 써줬고……. 그런 만남 중에 한 술자리가 생각난다. 10년 쯤 전이었던 것 같다. 공지영이 인사동의 한 술집에서 나를 불렀고, 갔더니 시국사건에 연루돼 수십 년 동안 한국에 들어오지 못하고 독일에 발이 묶여 있던 선배 한 명이 와 있었다.

그 선배와 함께 얘길 하다 보니 역사, 시대 등등 조금은 묵직한 대화가 오갔는데, 공지영은 마음속에 1980년대를 소중하게 간직하고 있는 것 같았다. 학생운동, 노동운동 하면서 했던 다짐들을, 시대 여건의 변화에 구애받지 않아야 할 초심으로 여기면서 순정을 쏟는 듯했다. 올바른 태도임에 틀림없지만, 당시 내게 조금은 답답하게 다가왔던 것도 사실이다.

그의 모습을 보면서 윤리, 약속 같은 단어들이 떠올랐다. 시대착오적? 비과학적? 아무튼 난 그 단어들을 그다지 반기지 않아왔다. 나 같으면 공동체와 개인이 행복하게 어울릴 수 있을 거라고 쉽게 믿지 않는 편이다. 믿고 열망하기보다 회의하고 질문하는 쪽이다. 공지영은 둘의 행복한 어울림에 대한 희구가 강렬한 듯했다. 회의하고 질문하기보다 믿고 열망하는 쪽이랄까.

나처럼 회의하고 질문만 하는 이들은, 공지영에게 빚을 지고 있는 것일지도 모른다. 얼마 전 그의 소설 『도가니』를 읽고서 든 생각이다. 우리 사회 몰염치한 기득권층의 행태를 이처럼 징그럽도록 파헤쳐 보이다니, 이건 분명 확신범의 소행이다. 확신이 위험할 때도 있지만, 그가 가진 확신은 그 많은 확신들 가운데 가장 선량한 것 아닐까. 그 확신을 그 많은 사람에게 전파함으로써 사회가 이만큼이나마 유지되는 데에 기여하고 있으니, 나처럼 아무것도 안 하고 회의하는 이들은 고마워해야 하는 게 아닐까.

확신이 위험할 때도 있지만, 그가 가진 확신은 그 많은 확신들 가운데 가장 선량한 것 아닐까

최형두

1962년생, 『문화일보』 논설위원

20대에 40대의 자신의 모습을 예상해본 적이 있는지. 1980년대 초반 내가 대학 다닐 땐 20~30년 뒤에 나나 내 친구들이 어떤 모습을 하고 있을지 도무지 상상할 수가 없었다. 그 독재 정권과는 같이 살 수 없을 것 같았고, 운동을 해야 한다는 당위감에 눌려 있었고, 그러니 멀쩡하게 사회생활을 할 수나 있을지부터 감이 안 잡혔다. 우리보다 20년 전에 대학 다녔던 세대가 20년 지나 갖는 소회를, 김광규의 「희미한 옛사랑의 그림자」 같은 시에서 엿보기도 했던 것 같다.

그 시는, 대학 땐 무언가를 위해 살 거라고 믿었고 열띤 토론과 때 묻지 않은 고민을 했고…… 그런 친구들이 한참 지나 만나보니 모두 혁명이 두려운 기성 세대가 돼 즐겁게 세상을 개탄하고 중년의 건강을 걱정하고 잠깐씩 밀려오는 부끄러움을 스쳐 지나보내고……, 그렇게 늪으로 빠져들어가고 있더라는, 그런 내용이었다. 나나 내 친구들도 한참 지나면 저렇게 될까? 그럴 것 같지도 않았다. 역사가 어디로 갈지 알 수 없었고, 그 역사가 범상한 중년을 허락해줄지 역시 알 수 없었다.

지금 와서 보면 어떠냐고? 범상한 중년이 된 건 맞지만 글쎄, 앞의 시에 담긴 자조나 회한이 나나 내 또

래에게 있는 것 같지는 않다. 그런 자조와 자학, 회한의 정서가, 이제는 사라져버린 1980년대의 추억 아닌가. 새삼 이런 얘기를 하는 건, 지금 쓰는 최형두라는 이가 내 기억 속의 대학 시절에서 하나의 전형 같은 또렷한 이미지를 간직하고 있기 때문이다. 대학 1학년 때 서울대에서 데모가 크게 벌어진 날이었다. 시위대 앞에서 돌을 잔뜩 들고 나눠주던 학생 한 명이 눈에 들어왔다. 짙은 눈썹에 눈매가 진지했다. 긴장한 표정이었지만 눈빛이 겸손하고 부드러웠고, 성정이 좋아 보였다. 그와 같은 대열에 있다는 데에서 어떤 자부심 같은 게 생기기까지 했다. '이런 사람들이 데모를 하는 거다. 진지하고 착한 이들이.'

그 뒤에 그가 최형두라는 걸 알았고, 4학년 때 총학생회를 부활시킬 때 그와 함께 일을 했다. 운동권에서 총학생회장 후보를 두 명 냈고, 그중 하나가 최형두였다. 하지만 운동권에서 당선시키려고 했던 이는 최형두가 아니었다. 말하자면 그는 들러리였지만, 그래도 선거는 선거였다. 학생들이 최형두를 많이 찍으면 그가 당선되는 건 두말할 나위 없었다. 아닌 게 아니라 교내에 붙여놓은 최형두의 사진이 박힌 선거 포스터가 자꾸 사라졌다. 그의 인물이 좋아서 여학생들이 떼어간다는 게 유력한 분석이었다.

이쯤 되면 당선되고픈 욕심이 생길 법한데, 최형두는 운동권 내부의 암묵적 합의를 중시했다. 선거 유세를 그리 폼나게 하질 않았다. 그때 나는 선거 실무를 관장하는 일을 했는데, 하루는 최형두와 최형두의 러닝메이트(부학생회장 후보), 둘과 함께 술을 마셨다. 러닝메이트였던 이가 (그는 뒤에 국회의원이 됐다) 최형두를 질타했다. '왜 선거운동을 열심히 하지 않냐. 아무리 들러리라고 해도 대중 앞에 어떻게 보이냐는 건 중요한 문제다. 나까지 바보처럼 보이는 건 싫다……' 대충 그런 취지였다. 최형두는 '어, 그래? 알았다, 미안하다……' 하는 식으로 어눌하게 답변할 뿐이었다.

그 모습을 보며 최형두가 또 한 번 마음에 들었다. '욕심까지는 몰라도 야심은 없구나. 옆에 있는 이는 답답할 수 있겠지만, 소박한 친구구나.' 최형두는 스스로 원한 대로 낙선했고, 뒤에 민정당사 점거농성으로 도망 다니다가 잡혀 감옥생활을 했다.

노태우 정부 들어, 그도 나도 멀쩡한 사회인이 됐다. 나는 『한겨레신문』 기자가 됐고, 그는 시사 월간지 기자를 거쳐 『문화일보』에 들어갔다. 김영삼 정부 때는 둘이 함께 법조를 출입했다. 함께 취재 다니고, 취재원과 술 마실 때도 어지간하면 같이 갔다. 최형두는 잘 웃고, 사람 잘 사귀고, 남들을 잘 인정해줬다. 남 욕하거나 세상을 냉소하는 일이 거의 없다. 그와 함께 다니면 좋은 기운을 받는 듯했다. 그가 『문화

교내에

붙여놓은

최형두의

사진이 박힌

선거 포스터가

자꾸 사라졌다.

일보』 노조 위원장이었을 땐, 사내 쟁점이 격화돼 노조와 경영진이 첨예하게 맞섰다. 그는 파업 없이 해결하기 위해 혼자 보름 넘게 단식을 했다. 그다운 방식이었다.

최형두의 남다른 점 하나. 그는 불의와 독재에 대한 이성적 비판정신은 있어도 주류 사회와 주류적 가치관에 대한 생리적 저항감 같은 건 없는 듯했다. 몇 해 전 그가 워싱턴 특파원으로 가 있을 때 워싱턴에 놀러 갔다. 워싱턴 관광 안내를 해줄 때 그에게선 미국 민주주의에 대한 존경심이 흘러나왔다. 가끔씩 그가 보수적으로 느껴질 때도 있지만, 난 그게 대학 시절부터 그가 보였던 소박한 성정과 맞닿아 있는 거라고 생각한다.

그는 싸움닭과는 거리가 먼 평화주의자였던 거다. 얼마 전 그를 만나 앞의 시처럼 즐겁게 세상을 개탄하고 중년의 건강을 걱정하면서 잠시 속으로 대학 시절 돌 나눠주던 그의 모습을 떠올려봤다. 살이 좀 찌고 주름이 생긴 것 빼고 그는 그때와 크게 달라진 것 같지 않았다.

최형두의 남다른 점 하나. 그는 불의와 독재에 대한
이성적 비판정신은 있어도 주류 사회와 주류적 가치
관에 대한 생리적 저항감 같은 건 없는 듯했다.

정관용

1962년생, 방송인, 한림국제대학원대학교 교수

1980 년대 초반 대학교 운동권 동아리엔 일종의 역차별적인 문화가 있었다. '시골(서울을 제외한 나머지 지역)' 출신 학생들보다 서울 출신 학생들이 무시당했다고 할까. 좀 더 정확히 말하면 서울 대 시골의 문화적 차이가 쟁점으로 부각될 때마다 항상 시골 쪽이 헤게모니를 잡았다. 약자 편에서 운동하겠다는 이들에게 당연한 일일 수밖에 없었다. 운동권 동아리 안에서 소외감을 느끼던 서울내기들은 요즘 말로 '길티 플레저'를 찾듯, 자기들끼리 은밀하게 서울 문화를 나누곤 했다.

서울 출신인 나 역시 운동권 동아리 안에서 외로움이 있었다. 왜 그렇게 시골 놈들이 많던지, 그것도 남자 놈들이! 내 동아리 1년 후배 중에 서울내기 여학생이 한 명 있었는데 얼굴도 예뻤다. 동지감이 절로 생겼다. 동지감뿐이겠냐만, 당시엔 같은 동아리 안의 남녀 교제를 근친상간 보듯 하는 구습이 있었고 나도 사귀던 사람이 있고 해서 그저 친누이처럼 아꼈다. 그랬는데 이 후배가 어느 날 남자를 사귄다고 했다. 그 남자가 내 친구라고 했다. '설마 그놈? 나보다 더(뺀질뺀질하다는 나쁜 의미로) 서울내기 같은 서울내기인 그놈?' 맞다고 했다. '너도 서울내기의 외로움이 컸나 보구나. 그런데 하필이면…….' 어쩌겠나. 그래도 내 친구인데 나쁘게 말할 수도 없고, 또 후배 여자가 좋다는데. 결국 둘은 결혼했다.

그 남자가 정관용이다. 얼마 전까지 한국방송 텔레비전 '생방송 심야토론'의 진행자로 이름을 날렸던 그 인물이다. 내가 정관용과 친구라고 하니까 후배들이 그랬다. "그분이 선배 친구예요? 와, 선배는 되게 안 늙었다." 그 말이 듣기 좋아서 지금도 내가 그와 친구라고 떠들고 다닌다.

정관용은 내 대학 동기이고, 당시에 집이 가까워서 1학년 때부터 동네에서 술을 자주 마셨다. 2차로 그의 집에 가서 한잔 더 하고 잔 날도 많았다. 식구가 많던 그의 집엔 대추술, 더덕주 등 집에서 담근 술이 항시 대기하고 있었다. 그때 내가 살던 곳은 서울 북서쪽 끝인 은평구 구산동으로, 관악구 신림동의 서울대학교와는 정반대쪽이었다. 대학엔 사복 경찰들이 상주해 있었고 데모가 나면 순식간에 전쟁터로 변했다. 신림동 일대는 전운이 감돌았던 반면, 은평구는 평화로웠다. 정관용과 나는 마치 군대에서 휴가 나온 기분으로 은평구의 평화를 즐기며 술을 마셨고, 어릴 때부터 남의 귓불을 만지는 버릇이 있던 나는 그의 귓불을 잡고 자곤 했다. 길티 플레저!

정관용은 대학 때 연극반을 했고 사회대 학생장도 지냈지만 열혈 운동권까지는 아니었다. 급진적이기보다 실용적, 합리적인 사고가 강했고 그 연장선상에서 졸업 뒤 진보적인 학술단체를 이끌었다. 거기서 발을 넓히더니 김영삼 정부 초기에 청와대 행정관으로 들어갔다. 부침성이 좋아 열 살 넘게 차이 나는 선배들과도 친구처럼 말하곤 했다. 머리 좋고, 세상 돌아가는 이치를 빨리 읽어내는 눈이 있고, 여기저기 옮겨 다니면서도 항상 비중 있는 자리에 들어갔다. 그래서 난 정관용이 정치를 할 거라고 생각했다. 그때나 지금이나 정치판을 썩 좋게 보지는 않지만, 그래도 난 그가 거기에 어울릴 것 같았고 잘 할 것 같았다.

그는 날카롭고 차가와 보이지만 말이 많고 잔정도 많은 친구다. 술자리에서 과묵한 스타일은 전혀 아니고, 사람을 쉽게 사귀거나 사귀려고 하고, 썩 잘 부르지 않는 노래를 열심히 여러 곡 부른다. 민폐 수준까지는 아니지만(종종 민폐 직전까지는 간다), 최근에도 들어보니 음색은 많이 좋아졌는데 박자가…….

둘 다 사회인이 되고 나서 일로써 서로에게 뭔가를 부탁한 적이 한 번씩 있었다. 그가 청와대에 있을 때, 기자이던 내가 출입하던 부처의 간부들에 대한 정보를 전해달라고 해서 내가 거절했다. 한참 뒤 내가 신문사 문화부장일 때, 시사 토론의 뒷얘기를 신문에

그는 조금이라도

유익한 말과

결과를 끌어내려고

애쓰고 있었다.

지금 일에

애정과 확신이

있구나!

연재해달라고 했더니 그가 거절했다. 일로 만나는 이들에 대한 정보를 다른 곳에 줄 수 없다는 나나, 공개할 수 없다는 그나 다 같은 말이었다. 공사 구별을 한 것이고 그걸로 의가 상하는 일은 없었다.

어쨌거나 그는 내 생각과 달리, 정계로 가는 대신 방송인이 됐다. 그가 '정치 안 한다'고 할 때 반신반의했는데 시사 토론 진행하는 걸 보면서 믿게 됐다. 솔직히 시사 토론 프로에 나오는 이들 중에 토론할 자세와 능력을 갖춘 이가 반이나 되나. 정략적 계산과 기싸움이 난무하는 아사리판에서 그는 조금이라도 유익한 말과 결과를 끌어내려고 애쓰고 있었다. 지금 일에 애정과 확신이 있구나! 그래서 갈수록 노련해지는구나!

앞에도 말했지만, 정관용이야말로 온건·실용주의에 가까운데 청와대에 있을 때 보수언론의 일방적 사상 검증에 시달렸고, 새 정부 들어서고 KBS 사장 바뀐 뒤엔 방송에서도 잘렸다. 하지만 남들이 걱정해줄 겨를도 없이 그는 토론 문화에 대해 강의하고 연구하겠다며 교수(한림국제대학원대학교)가 됐다. 여전히 발이 빠르다. 다시 방송도 시작했다. 최근엔 영화배우 하고 싶다고, 진짜라고, 주접을 떨고 다닌다.

방송국에서 잘렸어도 토론 진행자로서 정관용의 신뢰도는 여전
하다. 2011년 초에 있었던 이명박 대통령과의 신년 대화의 진
행도 정관용이 했고, 더없이 뜨거웠던 서울시장 보궐 선거 후보
'박원순-나경원' 토론의 진행도 그가 맡았다. 어쩌다 만나보면
표정도 편안해 보이고, 무엇보다 정관용은 여전히 술꾼이다. 술
이 앞에 가만히 있는 걸 그냥 보지 못하던 내 또래 술꾼들이 얼
마 전부터 자기 술잔을 제사상의 술잔 취급하며 오래도록 안 마
시고 앉아 있는 모습을 자주 본다. 정관용은 그러지 않았다. 얼
마 전에도 봤더니 남들은 술을 안 마시거나 홀짝거리고 있는데,
그는 일정 속도로 꾸준히 술잔을 비웠다. "너 여전히 술 잘 마시
네." "아냐, 예전만큼 못 먹어." 말은 그렇게 하지만 자리를 파할
때도 남들은 잔에 남은 술을 그대로 두고 가는데 정관용은 남은
양주잔을 비우고 일어섰다.

김성수

1962년생, SG&G 부사장

자유로가 언제 생겼더라? 자료를 뒤져보니 1992년에 통일전망대까지 닦였고, 1994년에 임진각까지 완공됐단다. 그러면 그 도로가 생기자마자인 1992년부터일 거다. 툭하면 자유로에 갔다. 그 도로를 달리다 보면 한국에서 보기 드물게 시야 가득 평원이 펼쳐진다. 시야가 트이는 만큼 가슴도 트이고 마음이 편안해진다. 통일전망대를 지나면 임진강 건너 북한이 내다보이는데, 나지막한 산들이 오밀조밀 모여 있는 그 풍경도 최소한 시각적으로는 아늑하다. 저녁 땐 그 임진강 너머로 해가 떨어진다. 어쩌다 오후 한때 소나기가 왔다가 갠 날 같으면 해 질 때 자유로 일대에 노을이 지는 모습이 장관이다.

1992년부터 지금까지 자유로를 함께 드라이브해 온 친구가 있다. 내게 자유로의 존재를 처음 알려준 것도 이 친구였다. 김성수라는 친구로, 나와 대학 동기이며 수학과를 나왔다. 1990년대 후반에 외국 나갔다가 한국에 다시 들어와 월급쟁이가 된 지 4~5년 됐다. 이 친구는 차를 일찍 가져서 1980년대 말부터 몰고 다녔는데, 나는 가끔씩 그 차를 타고 그가 모는 대로 여기저기 드라이브를 하곤 했다. 그날도 그랬다. 차를 몰고 우리 집에 와선 "새로 생긴 좋은 길이 있는데 가보자"고 했고, 가보니 정말 좋았다.

그 뒤로 김성수를 만나선 여차하면 자유로를 달렸다. 특별한 목적지 없이, 그냥 창밖을 보면서 이런저런 얘기하고, 별로 할 얘기가 없으면 그냥 조용히 달리고, 그러다가 배고프면 밥집에 내려서 뭘 먹고, 당구장이 나오면 당구 한 게임 치기도 하고, 파주 출판단지 안에 극장이 들어선 뒤론 가끔 거기서 영화 보기도 하고……. 쉽게 말해 그냥 어슬렁거리는 거다. 다 큰 남자 둘이서 그 짓을 한 달에 2~4회씩 20년 가까이(그가 외국에 가 있던 7~8년 빼고) 해오고 있다는 게 이상해 보일지 모르겠지만, 난 지금도 그 시간이 그렇게 편안하다. 한 가지 아쉬운 건, 자유로가 확장되고 정비되면서 길맛이 옛날만 못해졌달까.

내 다른 친구들에 비해 김성수는 확실히 특별한 데가 있다. 나와 친한 친구 중에 유일하게 이과 출신이다. 난 이게 많은 걸 설명하는 것 같다. 문과 출신들은 대체로, 그중에서도 언론이나 문화 계통에 종사하는 이들은 더욱더 자기 견해, 세계관, 자아 같은 것들에 아집이 있다. 예민한 만큼 자폐적이거나 공격적이기 쉽고, 논쟁적인 만큼 관념적이기도 하다. 아울러 남들과의 차이나 거리를 잘 인정하지 못해서 동지 아니면 적으로 만들고 마는 경향이 있다.

김성수는 그렇지가 않다. 차이나 다름을 잘 인정할 줄 안다. 음식, 스피커 등 구체적인 사물에 대해선 까다로울 때가 있지만,

생각이나 취향 등 관념적인 것들에 대해선 너그럽다. 언어나 사고도 구체적이고 담백해서, 김성수라면 '고독하다'라는 말 대신 '심심하다'라고 말하고, 영혼이 아프네 어쩌네 하는 식의 엄살과도 거리가 먼 스타일이다. 그와 얘기를 하면 어떤 사안에든 열 올리며 말려들어가기보다 편안하게 거리를 유지하게 된다. 이게 20년 가까이 둘이 차 타고 자유로를 어슬렁거릴 수 있게 하는 비결일 거다.

차이나 다름을 잘 인정할 줄 안다. 음식, 스피커 등 구체적인 사물에 대해선 까다로울 때가 있지만

김성수의 그런 모습은 기싸움이 난무하는 한국의 수컷들 사회에서 기가 약한 것으로 비칠 수 있다. 대학 때 그도 학생운동에 관여했는데 그 속에서 인간관계에 적잖게 치였다. 그 뒤 자의반 타의반 미국으로 유학 갔고 엉뚱하게 사회학을 공부하다가 들어와선 이런저런 개인 사업을 하다가 하와이로 건너가 7~8년 살기도 했다. 81학번인 내 또래들을 보면 같은 운동권 출신 가운데 문과 출신들보다 이과 출신들이 더 잘 모이는 것 같다. 대학 땐 이과 쪽 운동권이 문과보다 훨씬 소수였는데, 몇 안 되는 이들끼리 자주 싸우는 것 같더니 싸우다 정든 건가. 지금 김성수가 다니는 회사가 속한 그룹에도 그 당시 서울대 자연대 운동권 출신들이 몇몇 모여 있다.

술? 술을 전혀 못하다가 나이 들면서 술이 느는 이들이 있다. 김성수도 그런 쪽이다. 전에 비해 술이 많이 늘었다. 위스키를 스트레이트로 마시길 좋아하는데, 한번 마시면 제법 마신다. 얼마 전부터는 채식주의자가 됐다. 달걀도 안 먹는다. 채식주의자가 되면서 그에게 새로운 취미가 생겼다. 주말이면 집에서 빵을 굽기 시작했다. 나도 먹어봤더니 맛있었다.

채식주의자이고, 주말마다 빵을 굽고……, 평온한 중년처럼 보이는데 요즘 그에겐 전에 없던 푸념이 생겼다. 사는 게 뭔가 싶고……, 이렇게 살면 되는 건가 싶고…… 등등 '이과 출신스러움'과 거리가 있어 보이는 말들을 자주 한다. 내가 뭐라 그런다. "반듯한 회사 부사장에 돈도 잘 벌면서 반백수 앞에서 뭔 소리야?" 그러면 그는 대번에 언성을 높인다. "네가 상팔자지. 넌 몰라서 그래. 이 스트레스를……." 그런 소리들을 해가며 자유로를 20년 넘도록 달린다.

"반백수 앞에서 뭔 소리야?" "넌 몰라서 그래. 이 스트레스를……." 그런 소리들을 해가며 자유로를 20년 넘도록 달린다.

임범 에세이
내가 만난 술꾼

© 임범, 2011

초판 1쇄 인쇄　2011년 11월 25일
초판 1쇄 발행　2011년 11월 30일

지은이　　임범
펴낸이　　강병철
주간　　　정은영
기획편집　채미애　이혜영　한승희
디자인　　씨오디
캐리커처　임범
사진　　　황재성
제작　　　장성준　박이수
영업　　　조광진　안재임　강승덕
마케팅　　박제연　전소연
웹홍보　　정의범　한설희　이혜미

펴낸곳　　자음과모음
출판등록　2001년 5월 8일 제20-222호
주소　　　121-753 서울시 마포구 동교동 165-1 미래프라자빌딩 7층
전화　　　편집부 02-324-2347　경영지원부 02-325-6047
팩스　　　편집부 02-324-2348　경영지원부 02-2648-1311
이메일　　inmun@jamobook.com
홈페이지　www.jamobook.com
독자카페　cafe.naver.com/cafejamo

ISBN　978-89-5707-617-0 (03810)

잘못된 책은 교환해드립니다.
저자와의 협의하에 인지는 붙이지 않습니다.
가격은 뒤표지에 있습니다.